천국은

있다

천국은

있다

허연 시선집

아침달

서문

『천국은 있다』는 허연 시인의 동료이며 독자인 다섯 명의 시인, 평론가가 엮은 시선집이다.

    1991년 《현대시세계》 신인상을 수상하며 시단에 등장한 허연은 2021년을 기점으로 등단 30주년을 맞이했다. 그는 1995년 첫 시집 『불온한 검은 피』를 발표한 후 약 10년간 절필하였으나, 2008년 두 번째 시집 『나쁜 소년이 서 있다』를 펴내며 시의 세계로 돌아왔다. 이후 『네가 원하는 천사』, 『오십 미터』, 『당신은 언제 노래가 되지』 등의 시집을 펴내며 삶의 비의를 품은 그만의 독자적인 시 세계를 선보여왔다.

    어둡고 쓸쓸한 풍경 속에서 존재의 추함을 길어 올리고, 이를 아름다운 것으로 빚어내는 허연의 시에 독자들은 매료되어 왔다. 이는 속물적인 것과 성스러운 것의 경계에서 세상을 살아내는 허연의 고유한 감각 때문일 것이다.

    시선집에는 동료들이 뽑은 허연의 시 60편에 더하여 시인이 보내온 12편의 근작 시가 수록되어 있다. 목차는 시집 출간 기준 역순으로 되어 있다. 근작에서 출발하여 첫 시집으로 향하는 읽기가 허연 시의 기원을 찾는 여정이 되길 바란다.

발문에서 유희경이 허연의 시로부터 빚을 졌다고 쓴 대목은, 어쩌면 허연의 오랜 독자들에게는 보편 경험이기도 할 것이다. 이 시선집은 그렇게 허연의 시를 통해 무언가를 얻었던 이들을 위해, 이들을 통해 만들어졌다. 허연의 시를 다시 읽고 새로 읽으며, 독자들은 우리가 허연의 시에서 얻었던 것이 진정 무엇이었는지를 알게 될 것이다. 또한 이 책을 통해 허연의 시를 처음 접할 이들 또한 먼저 읽은 이들처럼 그의 시에서 무언가를 얻을 수 있으리라 자신한다.

시를 함께 선정한 이들
오은·유계영·유희경·송승언(시인), 오연경(문학평론가)

목차

천국은 있다

당신은 언제 노래가 되지

오십 미터

내가 원하는 천사

나쁜 소년이 서 있다

불온한 검은 피

해설

발문

천국은 있다 *2021*

사경 寫經

어린 시절 고척동 구치소로 아버지 면회 갈 때
어머니는 꼭 나를 데리고 갔다
아버지가
자기랑 가장 닮은 아들을 보고 싶어 할 거라며…

나는
구치소를 오고 가며 어머니가 흘릴 눈물이 싫어서
끝까지 버티다 따라나서곤 했다

집에 돌아오면 말썽을 부렸다
어머니가 화가 나서 나를 때릴 때만큼은
아버지를 잊는 것 같았다

때리다 지치면 어머니는 쌀을 안쳤다
석유곤로에서 밥 냄새가 나면
겨우
고단한 하루가 넘어갔다

그런 날 밤이면
아버지가 꿈속에 와 있곤 했다
아버지는 교도소 담벼락에 기대앉아
칫솔대에 성모상을 새기고 있었다

그 그리움의 사경寫經

세포 하나하나에 새겨진
극한의 세밀화

숯

살았던 날들을 헤아려보면
어떤 날은 셀 수 있었고
어떤 날은 셀 수 없었다

나무는 바람에 절을 하다 말고
이미 결정되어 있다는 듯
제단으로 들어갔다

스스로 죽음을 선택한 것들의 선한 눈망울이
하늘을 올려다볼 때

마당에 널어놓은 홑이불이
천천히 흔들릴 때

사소한 슬픔이 새 한 마리와 함께
날아갔다

너에게는 시시한 기분 같은 건 없다

기도의 한 형태처럼 서 있었고
내가 사랑한 것들이 나를 버린다는 걸 알았고

들짐승들이
연기가 날아가는 방향을 보며 짖는 저녁

살 타는 냄새가 났다

나무여.

슬픔에 슬픔을 보탰다

수도원에서 도망쳤다

신을 대면하기엔
나는 단어를 너무 많이 알고 있었고…

짐을 싸들고 욕망이 쏟아져 내려오던
비탈길을 내려왔다

모든 걸 다해
단 몇 줄로 정리된 나를
바치고 싶었지만

반찬도 없이 식은 밥을 먹으며
구멍 난 튜니카를 꿰매며
잊혀도 좋으니 거룩하고 싶다고
천 번을 되뇌었지만

그레고리안 성가가 안개처럼 흘러 다니는 산길을
버렸던 단어들을 하나씩 주워 담으며
내. 려. 왔. 다.

고통받는 삶의 형식이 필요했다

시를 쓰면서
슬픔에 슬픔을 보태거나
죽음에 죽음을 보태는 일을 했다

여름에 간 당신에게

애인이 부르던 노래에는
차가운
고체 같은 것들이 박혀 있었다

나는 모든 이별에 의혹이 생긴다
어떠한 안간힘에도 불구하고
예외의 날은 없었다

나를 기억하지 못하는 사람에게

이제는 죽어서 고체가 된 사랑에게
우리가 먹었던 것들과
우리가 파묻었던 것들에 관해
말해주고 싶었다

애꿎은 노을을 원망하다가

먼저 간 그대 생각이 나서
이가 시린 과일을 먹는다

더 나쁜 날들이
비구름처럼 강 건너에 이미 와 있었고

한참을 울다가 돌아서 가는
당신을 보며
사람이 많이 울면
여름에도
입술이 파래진다는 걸 알았다

그날의 목격

작은 것이
전체를 엎드리게 하는 날이 있다

경광등 어지럽게 깜빡거리는 터널에서
고라니 한 마리
생의 마지막 울음을 울었다
운이 없었다

영혼 같은 게 하나 빠져나가다 고개를 돌린다
진공관에 갇힌 사람들이 영혼을 올려다본다

어떤 것도 반복되지 않고
어떤 것도 살아 돌아오지 않는다
모두 사실이니까
그게 맞는 거니까
어떤 일이 벌어지면
벌어진 일은 진실이니까

눈물을 흘리지는 않는다
죽음은 상태니까.
감정은 아니니까.

회오리바람이 몇 차례 터널을 지나갔다

너무 예상치 못한 목격이었다
요구도 하지 않았는데 거부당한 느낌이 들었다

파도는 아이를 살려둔다
- 스텔라

(아이는 바닷가에서 태어났고
바닷가에 남겨졌다)

달려드는 파도를 피해
아이가 모래톱을 뛰어간다

파도는 끝 선을 넘을 듯 넘을 듯하면서
결국 아이를 놓아준다

아이는 파도를 믿고
파도는 아이를 살려둔다

둘은 그렇게 몇 시간을 논다

아이는 조개껍데기를 손에 쥐고
잠이 든다

나는 그것을 본다
세상의 모든 여름이었고
말할 수 없이 기뻤다

나의 전부가 나를 버려도 좋았다

아이는 나를 살려둔다

가여운 거리

베란다에 걸려 있는 빨래들이 흔들리기 시작하면
생은 잠시 초라해졌다가 다시 화색이 돌기도 한다
경멸할 것은 없다 어차피 다 노래니까

나는 이 위험한 계보를 알고 있다
혼자 밥을 먹는 사람들이
약 기운에 진 환자처럼
얌전해지는 밤을 알고 있다

서리 낀 창밖은 질문으로 가득하지만
여기선 답을 하지 않는다
질문 속에 답이 있거나 혹은 답이 두렵기 때문이다

도시의 동쪽에는 노숙인들이 낮 시간을 보낸
긴 의자들과 고장 난 그네가 있다
나중에 봄이 되었을 때
의자와 그네에는 새로운 색이 칠해져 있을 것이다

겨울이 오기 전 거리가 파헤쳐지면
사람들은 비로소 도시를 이해한다
모든 것은 이미 정해져 있었고
가끔 새들이 태어났다

도시는 자꾸만 바람 불어오는 쪽을 바라보고
나는 들려오는 모든 소리들이 구타처럼 느껴진다
(나도 한 거리를 이해할 수 있다면 좋겠다)

도시의 거주민들은 비가 언제까지 내릴까 하면서
자꾸만 하늘을 올려다본다

거리에는 장례식이 있었다

천국은 있다   27

시월의 시

이별하는 것 말고 다른 것도 할 줄 아는 사람은 시월을 잘 모르는 사람이다. 병동으로 옮겨지기 시작하는 단풍잎. 영혼이 빠져나가 파삭거리기만 하는 풀밭, 초속 5센티미터로 떨어지는 마지막 열매들. 죽은 새끼들을 낙엽에 묻고 날아가는 새들. 그리고 흙장난하는 아이들 이마에 불어오는 오래된 바람. 시월엔 가득 찼던 것들과 뜨거워졌던 것들이 저만치 떠날 짐을 꾸린다. 그걸 알아챈 추억들도 남쪽으로 가고. 시월엔 이별이 전부다. 시월은 이별밖에 할 줄 모른다. 시월에 무릎을 꿇는 이유다. 세상엔 만남의 몫이 있는 만큼 헤어짐의 몫도 있어서 이토록 서늘하다.

이별의 재해석

이별은 계절인가 아니면 색깔인가
그것도 아니면 공기인가

지난겨울 날렸던 연이
예기치 못한 각도로
곤두박질쳤던 것처럼
이별은
전면적이고 모든 것인 일

세상의 모든 설탕 덩어리들이
언젠가 다 물에 녹듯
긴 잠에서 깨어나면
어차피 이 세상이 아닌 것

이별한 사람들이 쓴
마지막 편지들을 읽는다
마지막이므로 진실을 말하지 못한다

진실은 그저 무덤 속으로 걸어 들어갔다

이별은 그런 것이다
모든 이별은

자신만의 무덤을 하나씩 갖는다

내일을 살지 않을 거라면
오늘도 주지 않는 게 맞다

손에 죽은 꽃나무의 모종을 들고 서 있었다

청력검사

1.
모든 게 꿈이었으면 했다

사실 진지해지기 위해선
동시에 두 가지 일을 하면 안 되는데

(좀 어둡죠?
소리가 커지거나
작아지면 손으로 버튼을 누르세요)

귀에 신경 쓰다가 손을 잊고
손에 신경 쓰다가 귀를 잊고

2.
요즘 누군가가 내 귀에 대고
나쁜 노래를 불렀던 게 분명해

소리가 사라지면
말도 없고 색깔도 없고
분노도 없는 것

심해를 헤엄치는 듯한

겸손이 나를 지배하는 시간

숨어 있는 멍 자국처럼
내 청력은 현실보다 몇 배는 어둡다

3.
가정은 현실이 아니라지만

낙원을 꿈꾸는 나는
살아날 가망 없는
시든 과일을 따버리고 싶었다

해결되지 않을
무시무시한 질문을 만나고 온 날

어떤 것들은 이름을 가졌다

사람들이 땅을 발견함으로써
자두나무를 발견했고
모든 결과는 자두가 되었다

엄탐된 사상들이 담긴
서책에 대해서 생각했다

장서관 맨 위 칸 귀퉁이가 찢어진
그 서책은 놀라운 것이었다

엄마에 반발한 아이들이
줄을 지어
죽어갔던 날들의 기록이었다

익숙한 햇살이 땅을 비출 때마다
그림자는 이름을 가졌다

결국, 세상은 그림자였음을 안다

바라보면 눈이 멀게 되는 것들이 있다

성당 한쪽 담벼락에

섬망이 지나갔다

죽어갔지만
어떤 것들은 이름을 가졌다

천국은 있다

쓸 수 있는 단어들이 줄어드는 걸 보면 천국은 분명히 있다

천국에 가보려는 자들이
이빨이 있던 자리에 혀를 밀어 넣으며
때 절은 매트리스에 눕는다

천국은 계산처럼 맑고
함수처럼 평등하다는데

모두 가지려고 하기 때문에 아무도 못 가진다는 걸 알기 때문에

그냥 그 자리에 놔두고는 있지만

그래도 가끔은
고장 난 게임기를 만지작거리거나
오래된 아몬드를 씹으며
천국을 생각할 때가 있다

그럴 때면 부적응의 하루가 빵처럼 부풀어서
단어를 또 몇 개 잊어버린다

천국은 있다.

당신은 언제 노래가 되지 2020

트램펄린

그런 것들이다 내가 아쉬운 건
트램펄린에 오를 때
나는 이미 처지가 정해져 있었고
그걸 누구에게 묻지는 못했고

트램펄린 밖으로 떨어진 소년
최선을 다해서 태연하고 최선을 다해서 일어서는 소년

그런 것들이다 언제나
어른들은 타협하고 소년들은 트램펄린에서 떨어지고

그런 것들이다 내가 아쉬운 건

하지만
트램펄린에 오를 때
이미 준비된 실패라는 걸 알았고
예정된 마지막 장면을 후회하지도 않았고

그냥 트램펄린이란 트램펄린은 모두 불태워졌으면 좋겠다

자꾸 오르게 되니까
또 최선을 다해 떨어질 테니까

떨어질 처지라는 걸 아니까

트램펄린에 날 던지면서 말한다
"말해줘 가능하다면 내가 세상을 고르고 싶어"

생각이 있으면 말해주리라 믿었지만
트램펄린은 그냥
나를 떨어뜨리고
미워하지도 않으면서 나를 떨어뜨리고
그러면 내 처지도 최선을 다해 떨어지고

세상에서 트램펄린이 모두 사라졌으면 좋겠다

그렇지만 아쉽다
날아오르는 몇 초가 달콤했기 때문에

어떤 거리

서쪽으로 더 가면
한때 직박구리가 집을 지었던 느티나무가 있다
그 나무는 7년째 죽어 있는데
7년째 그늘을 만든다
사람들은 나무를 베어내지 않는다
나무는 거리와 닮았으니까

지구가 돈다는 사실을
보통은 별이 떠야 알 수 있지만
강 하구에 찍힌
어제 떠난 철새의 발자국이
그걸 알려줄 때도 있다
마을도 돌고 있는 것이다

차에 시동을 끄고 자판기 앞에 서면
살고 싶어진다
뷰포인트 같은 게 없어서
나는 이 거리에서 흐뭇해지고
또 누군가를 기다린다

단팥빵을 잘 만드는 빵집과
소보로를 잘 만드는 빵집은 싸우지 않는다

출발했던 곳으로 돌아오는 동안
커다란 진자의 반경 안에 있는 듯한
안도감을 주는 거리

이 거리에서 이런저런 생들은
지구의 가장자리로 이미 충분하다

십일월

십일월의 나는 나쁘게 늙어가기로 했다
잊고 있었던 그대가
잠깐 내 안부를 들여다본 저녁
창문을 열면
늦된 날벌레들이 우수수 떨어지곤 했다
절망의 형식으로 이 작은 아파트는 충분한 걸까
한참을 참았다가
뺨이 뜨거워졌다
남은 것들이 많아서 더 슬펐다

낙타가 몇 번 몸을 접은 후에야
간신히 땅에 쓰러지듯
세월은 힘겹게 바닥에 주저앉아
실눈을 뜨고 나를 바라보고 있었다
먼 서쪽으로는
노을이 재처럼 흩어지고 있었다

육군 00사단 교육대
기다란 개인 소총을 거꾸로 들고
내 머리통을 겨누었다
십일월이었다
어머니 도와주세요

미친 듯이 슬펐는데 단풍은 못되게 아름다웠다
신전 같은 산 그늘이 나를 덮었고
난 죽지 못했다

늙고 좋은 놈을 본 적이 없었다
사람들은 젊었을 때만 좋았다

십일월이 그걸 알려줬다

이장

뼈의 입장이 되어버린
어머니의 마음을 생각하다가

이미 알고 있었던 일들이
나를 놀라게 한다는 걸 알았다

모든 예상된 일은
예상치 않게 나를 흔든다
물론 알고 있었다
어머니가 뼈가 됐다는 걸

나는 이장을 후회할 수 없다
다 예상했었고
모든 충격은 파도처럼 왔다 가니까

결심은 파도가 오기 전에 하는 거니까
파도가 가면 후회만 하면 되니까

무덤만 보고 사는 게 의미 없어서
뜨겁게 달려오곤 했던
그리움이
시간이 지날수록 자꾸

밋밋해지고 식는 게
스스로 창피해서

이제 때가 됐다고 생각하고
결심을 하고
어머니를 꺼냈고
다시 만났는데

그녀를 생각만 하다가
이제는 그녀의 뼈를 보는 일
뼈와 처지가 같아져버린
어머니를 보는 일

잠깐 무섭다가
부질없는 바람 탓을 하다가

이 커다란 동산에 뼈로 남은
무수한 존재들을 생각하다가

그나마 뼈로 지탱해준 기억들에게 감사하다가

산을 내려간다

교각 음화

어린 시절.
큰물이 쓸려 간 아침,
교각 밑에 살던 거지 소녀가 떠내려갔을까 봐
숨도 안 쉬고 달려갔던 교각
마음 졸이며 달려갔던,
그 슬픈 음화가 생각났다.

병에 걸린 걸까.
엉겨붙은 눈꼽에
눈도 제대로 못 뜨는 고양이들이
짝짓기를 한다.
세상에 다시 오지 않을 거니까
적어도 그것만은 알고 있으니까
공룡뼈 같은 교각 아래서
고양이들은 생을 불태운다.

교각 밑을 걷다 보면
모든 것이 이상하게 음화陰畵로 바뀐다
녹물이 눈물처럼 흘러내린 교각에는
설익은 유서들이 있고
누군가의 투항이 있고
어린 나이에 생을 마친 친구들과

그을린 맹세들이 있다.

스프레이로 쓴 억지스러운 구호 몇 개가
중년의 날 위협하고
이따금씩 덜컹대는 상판에서는
콘크리트 가루가 축복처럼 쏟아졌다.

트랙처럼 뻗어 있는 한강 다리 밑에 숨겨놓은
그 비밀스러운 음화를 지울 수가 없다.
내가 음화였음을.

기억은 나도 모르는 곳에서 바쁘고

변심한 기억은 지금 다른 곳에서 한창 바쁘고
망각은 문자도 보내지 않고

어쨌든 최악이 아니었다는 듯
문자 한 줄 할 줄 모르고

내가 사연을 가지고 있었는지
그 사연에 누가 울었는지
기억은 나도 모르는 곳에서 바쁘고

기억을 조각낸
그 가위는 어떻게 왔을까
실타래를 잘라버린 가위는 어떻게 내게 왔을까

혈관이 따뜻해지는 순간
나는 가위를 들고 또 잠이 들고

잘려 나간 기억들은
어떻게 의문 하나 없이 그곳에서 바쁠 수 있는지

어떻게 잊을 수 있는 거지 장대비를 피하던 낡은 집들을 항
구에서 피신했던 목선들을…… 나에게 닿기 위해 놀라울 만큼

멀리서 왔던 빛을

　　잠만 들면 내 손에는 가위가 있고
　　깨고 나면 베고니아의 목이 잘려 있고
　　내 정원은 텅 비어 있고
　　기억은 또 날 버리고
　　기억은 기억들하고만 친구가 되어 있고

　　망각은 문자도 보내지 않고

무반주

슬픔은 위엄이다

일월에 꽃을 피웠다는 홍매화나무 아래
병색의 노수녀가 서 있다

멀리 잔파도 소리와
그레고리오 성가가 들리는 오후
겨울 햇살은
용서처럼 와 있다

유기견 한 마리 졸고 있는
양잔디 깔린 잎들

피뢰침 그림자 끝에
천국 같은 게 언뜻 보이다 말았다

담장 안쪽에선
아무 일도 일어나지 않는다

베네딕도의 손수건이 젖어 있다

새벽 1시

바람이 부는 게
왜 나에게 아픔이 되었는지

아픔은 왜 다시 바람이 되었는지
당연한 이야기를 되묻는 시간
누군가는 영양 한 마리를 쫓고
누군가는 골 세리머니를 하고
누군가는 마약성 진통제를 맞는 시간

소문이 날개를 달고 누군가의 생을 저미는 시간
죽 한 그릇이 누군가를 살리고
사랑이 빵처럼 구워지는 시간

바람이 왜 불지
기억하지 않는 게 좋아
창문은 꼭 잠그고 가능하면 불도 끄는 게 좋아

어떤 대륙은 폭우에 씻겨 나가고
어떤 세월은 날 죽이려고 흘러가고
또 어떤 하느님은 돌아오지 않는 시간

한쪽 다리 없이 뛰어다녔던 청년이 별을 보는 시간

여기저기서 죄를 사하고
한 공기의 늦은 밥을 푸는 시간

내일을 기다리는 사람은 생각보다 많지 않아
당신은 모르지
내일에도 얼마나 많은 종류가 있는지

바람이 분다
새벽 1시의 바람이 분다

당신은 언제 노래가 되지

빼다 박은 아이 따위 꿈꾸지 않기. 소식에 놀라지 않기. 어쨌든 거룩해지지 않기. 상대의 문장 속에서 죽지 않기.

뜨겁게 달아오르지 않는 연습을 하자. 언제 커피 한잔 하자는 말처럼 쉽고 편하게, 그리고 불타오르지 않기.

혹 시간이 맞거든 연차를 내고
시골 성당에 가서 커다란 나무 밑에 앉는 거야. 촛불도 켜고

명란파스타를 먹고 헤어지는 거지. 그날 이후는 궁금해하지 않기로.

돌진하는 건 재미없는 게임이야. 잘 생각해. 너는 중독되면 안 돼.

중독되면
누가 더 오래 살까? 이런 거 걱정해야 하잖아.
뻔해,
우리보다 융자받은 집이 더 오래 남을 텐데.

가끔 기도는 할게. 그대의 슬픈 내력이 그대의 생을 엄습하지 않기를, 나보다 그대가 덜 불운하기를, 그대 기록 속에 내가

없기를.

　그러니까 다시는 가슴 덜컹하지 말기.
　이별의 종류는 너무나 많으니까. 또 생길 거니까.

　너무 많은 길을 가리키고 서 있는 표지판과
　너무 많은 방향으로 날아오르는 새들과
　너무 많은 바다로 가는 배들과
　너무 많은 돌멩이들

　사랑해. 그렇지만
　불타는 자동차에서는 내리기.

　당신은 언제 노래가 되지.

강물에만 눈물이 난다

어차피 나는
더 나은 일을 알지 못하므로
강물이 내게 어떤 일을 하도록 내버려둔다
아무런 기대도 없이
강물이 내게 하는 일을 지켜보고 있다
한 번도 서러워하지 않은 채
강물이 하는 일을 지켜본다

나는 오직 강물에만 집중하고
강물에만 눈물이 난다
저 천년의 행진이 서럽지 않은 건
한 번도 되돌아간 적이 없기 때문일 것이다
도시를 지나온 강물에게
내력을 묻지 않는다
모두 이미 섞인 것들이고
이미 지나쳐버린 것들이고
강변에선
묻지 않는 것만이 미덕이니까

강물 앞에서 나는 기억일 뿐이다
부정확한 시계공이 가끔 있었고
뜻하지 않은 재회가 있기도 하지만

강물의 행진은
이유를 묻지 않은 채 계속된다

강물이 나에게 어떤 일을 한다는 것
한 번도 서럽지 않다는 것
내가 기억이 된다는 것

21세기

비는 오지 않을 것이다
악마가 묻는다
꽃나무를 심었냐고

비는 어리석고
비는 오지 않을 것이다
초승달 모양의
마른 저수지 바닥에서
먼지가 피어올랐다

산의 어깨 위에서
비가 되지 못한 것들이
굴욕을 견디며 웅성거린다

비는 오지 않을 것이다
새에 대하여
저녁에 대하여
꽃나무에 대하여
비는 약속하지 않을 것이다

비는 체념이다
나는 몇 시간째 생을 내려다본다

남겨진 방

용인 화장터 화구에 당신을 밀어 넣고 온 날

아무렇게나 벗어 던진 신발처럼
당신이 끝을 보낸 방에서
반나절이나 엎어져 있었어요
과묵한 후배는 자꾸 어디론가 나가선
소주를 두 병씩 사 들고 왔어요

오래전에 말라 죽은 화초들과
커튼을 뚫고 들어오는 햇살이 만든
손금 닮은 무늬와
순장된 유물처럼 흩어져 있는 고지서들

돌아갈 때를 놓친 새처럼
당신의 방에 앉아 들어요
모든 게 분해될 때나 들릴 것 같은
신비스러운 이명耳鳴을

방 한가운데까지 치고 들어온 햇살은 성스럽기만 하고
영혼 한 개
먼지에 섞여 하늘로 올라가는 게 보여요
뭘 챙기고 뭘 버려야 하는지

그걸 알 수 없어서 우린
자꾸 눕기만 하고

창밖 주인집 사철나무 잎은
계시처럼 반짝이고

오십 미터 *2016*

아나키스트 트럭 1

슬픈 사람들이 트럭을 탄다. 트럭은 정체에 걸릴 때마다 힘 겹게 멈췄다. 정체가 풀리면 트럭은 부식된 하체 어디선가 슬픔 을 흘리며 느리게 움직였다.

트럭에 올라탄 사람들이 두 손으로 신을 그려보지만 이내 슬픔이 신을 덮는다. 언제나 그랬듯이 그들에겐 이상하게 어깨 가 없다.

찌그러지고 때 묻은 트럭은 세월을 등에 업고 생의 마지막 질 주를 했다. 낙오한 사람들은 어느새 세월의 등에 올라타 있었고.

도시는 어두웠고 트럭은 주저앉았다.

낙오자들은 뿔뿔이 골판지 같은 골목으로 사라졌다. 주저앉 은 트럭은 도시와 아주 잘 어울렸다. 그렇게 밤이 왔다. 이미 어 두웠지만 트럭은 어두워지지 않았다. 안녕, 트럭.

오십 미터

마음이 가난한 자는 소년으로 살고, 늘 그리워하는 병에 걸린다

오십 미터도 못 가서 네 생각이 났다. 오십 미터도 못 참고 내 후회는 너를 복원해낸다. 소문에 돌아서면 잊어버리는 축복이 있다고 들었지만, 내게 그런 축복은 없었다. 불행하게도 오십 미터도 못 가서 죄책감으로 남은 것들에 대해 생각한다. 무슨 수로 그리움을 털겠는가. 엎어지면 코 닿는 오십 미터가 중독자에겐 호락호락하지 않다. 정지 화면처럼 서서 그대를 그리워했다. 걸음을 멈추지 않고 오십 미터를 넘어서기가 수행보다 버거운 그런 날이 계속된다. 밀랍 인형처럼 과장된 포즈로 길 위에서 굳어버리기를 몇 번. 괄호 몇 개를 없애기 위해 인수분해를 하듯, 한없이 미간에 힘을 주고 머리를 쥐어박았다. 잊고 싶었지만 그립지 않은 날은 없었다. 어떤 불운 속에서도 너는 미치도록 환했고, 고통스러웠다.

때가 오면 바위채송화 가득 피어 있는 길에서 너를 놓고 싶다

북회귀선에서 온 소포

때늦게 내리는
물기 많은 눈을 바라보면서
눈송이들의 거사를 바라보면서
내가 앉아 있는 이 의자도
언젠가는
눈 쌓인 겨울나무였을 거라는 생각을 했다

추억은 그렇게
아주 다른 곳에서
아주 다른 형식으로 영혼이 되는 것이라는
괜한 생각을 했다

당신이
북회귀선 아래 어디쯤
열대의 나라에서
오래전에 보냈을 소포가
이제야 도착했고

모든 걸 가장 먼저 알아채는 건 눈물이라고
난 소포를 뜯기도 전에
눈물을 흘렸다
소포엔 재난처럼 가버린 추억이

적혀 있었다

하얀 망각이 당신을 덮칠 때도 난 시퍼런 독약이 담긴 작은 병을 들고 기다리고 서 있을 거야 날 잊지 못하도록, 내가 잊지 못했던 것처럼

떨리며 떨리며
하얀 눈송이들이
추억처럼 죽어가고 있었다

오늘도 선을 넘지 못했다
- 국경 2

무엇이 되든 근사하지 않은가
선을 넘을 수만 있다면

새의 자유를 생각하면 숨이 막혔다. 남은 알약 몇 알을 양식처럼 털어 넣고 소련제 승합차에 시동이 걸리기를 기다렸다. 오한이 들이닥쳤다. 서열에서 밀려난 들개 몇 마리 무너진 건물 주변을 서성이고 버려진 타이어 더미 위로 비현실적인 해가 지고 있었다. 오늘도 선을 넘지 못했다. 나는 아무것도 그립지 않다는 듯이 바닥에 침을 뱉으며 몇 마디 욕설을 중얼거렸다. 또 밤이 오는 게 무서웠다. 들개보다 AK-47보다 그리움이 더 끔찍했다. 지난여름 폭격에 끊어진 송전탑에선 이따금씩 설명할 수 없는 불꽃이 일었다. 아름다웠다. 나는 어느새 저주했던 것들을 그리워하고 있었다 나의 슬픈 무르가프

오늘도 선을 넘지 못했다

자세

위대한 건 기다림이다. 북극곰은 늙은 바다코끼리가 뭍에 올라와 숨을 거둘 때까지 사흘 밤낮을 기다린다. 파도가 오고 파도가 가고, 밤이 오고 밤이 가고. 그는 한생이 끊어져가는 지루한 의식을 지켜보며 시간을 잊는다.

그는 기대가 어긋나도 흥분하지 않는다. 늙은 바다코끼리가 다시 기운을 차리고 몸을 일으켜 먼바다로 나아갈 때. 그는 실패를 순순히 받아들인다.

다시 살아난 바다코끼리도, 사흘 밤낮을 기다린 그도, 배를 곯고 있는 새끼들도, 모든 걸 지켜본 일각고래도 이곳에서는 하나의 '자세'일 뿐이다.

기다림의 자세에서 극을 본다.

근육과 눈빛과 하얀 입김.
백야의 시간은
자세들로 채워진다.

들뜬 혈통

하늘에서 내리는 뭔가를 바라본다는 건
아주 먼 나라를 그리는 것과 같은 것이어서
들뜬 혈통을 가진 자들은
노래 없이도 노래로 가득하고
울음 없이도 울음으로 가득하다

짧지 않은 폭설의 밤
제발 나를 용서하기를

심장에 천천히 쌓이는 눈에게
파문처럼 쌓이는 눈에게
피신처에까지 쏟아지는 눈에게
부디 나를 용서하기를

아주 작은 아기 무덤에 쌓인 눈에게
지친 직박구리의 잔등에 쌓인 눈에게
나를 벌하지 말기를

폭설에 들뜬 혈통은
밤에 잠들지 못하는 혈통이어서

오늘 밤 밤새 눈은 내리고

자든지 죽든지
용서는 가깝지 않았다

세일 극장

아버지 후배였던 혼혈 아저씨가 영사주임으로 있던 극장. 세일 극장에 가면 멋진 생이 있었다. 어른들은 오징어에 소주를 마시고 난 영사실 책상에 걸터앉아 영화를 봤다. 은하철도처럼 환하게 어둠을 가르고 달려가 내 생에 꽂혔던 필름. 난 두 평짜리 영사실에서 한 줄기 계시를 받고 있었다. 그런 날이면 빨간 방울 모자를 쓴 여주인공과 계단이 예쁜 도서관엘 가기도 했고, 윈체스터 장총에 애팔루사를 타고 황야를 달리기도 했다.

필름 한 칸 한 칸에 담겨 있던 빗살무늬토기의 기억. 토기를 뒤집으면 쏟아지던 눈물들. 어느 날은 영웅이 되고 싶었고, 어느 날은 자멸하고 싶게 했던 날들. 문틈으로 들어온 빛이 세상을 빗살무늬처럼 가늘게 찢어놓은 곳. 낡은 자전거 바퀴 같은 영사기가 힘겹게 세월을 돌리던 곳.

난 수유리 세일 극장에서 생을 포기했다

장마의 나날

강물은 무심하게 이 지지부진한 보호구역을
지나쳐 갑니다. 강물에게 묻습니다.

"사랑했던 거 맞죠?"
"네"
"그런데 사랑이 식었죠?"
"네"

상소 한 통 써놓고 목을 내민 유생들이나, 신념 때문에 기꺼
이 화형을 당한 사람들에게는 장마의 미덕이 있습니다. 사연은
경전만큼이나 많지만 구구하게 말하지 않는 미덕, 지나간 일을
품평하지 않는 미덕, 흘러간 일을 그리워하지도 저주하지도 않
는 미덕. 핑계 대지 않는 미덕. 오늘 이 강물은 많은 것을 섞고,
많은 것을 안고 가지만, 아무것도 토해내지 않았습니다. 쓸어
안고 그저 평소보다 황급히, 쇠락한 영역 한가운데를 모르핀처
럼 지나왔을 뿐입니다. 뭔가 쓸려가서 더는 볼 일이 없다는 건,
결과적으로 다행스러운 일입니다. 치료 같은 거죠.

강물에게 기록 같은 건 없습니다
사랑은 다시 시작될 것입니다

Cold Case 2

(19세기 사람 쥘 베른이 쓴 「20세기 파리」라는 소설에 보면 시인이 된 주인공에게 친척들이 이렇게 말한다. "우리 집안에 시인이 나오다니 수치다.")

20세기도 훨씬 더 지난 지금 시는 수치가 된 걸까.

시는 수치일까. 노인들이 명함에 박는 계급 같은 걸까. 빵모자를 쓰는 걸까. 지하철에 내걸리는 걸까.

시가 나보다 다른 사람들이랑 더 친한 것 같다는 생각이 드는 오후다. 시 쓸 영혼이 얼마나 남았는지 가늠해본다.

싸구려 호루라기처럼 세상에 참견할 필요가 있을까. 노래를 해서 수치스러워질 필요가 있을까? 자꾸만 민망하다

그런데도 왜 난 스스로 수치스러워지는 걸까. 시를 쓰는 오후다.

불머리를 앓고도 다시 불장난을 하는 아이처럼
빨갛게 달아오른 쇠꼬챙이를 집어 든다.

봄산

볼품없이 마른 활엽수들 사이로 희끗희끗
드러나는 사연들이 있어 봄산은
슬프게도 지겹게도 인간적이다.

아무것도 감추지 못하는
저 산들은 세월 흘러 우연찮게 모습을 드러낸
도태된 짐승들의 유해이고,
그 짐승들을 쫓다
실족한 지 일만 년쯤 된 가장의 초라한 등뼈다.
이제 싹을 틔우려고 하는 불온한 씨앗들의 근거지,
원죄를 뒤집어쓴 채 저 산에서 영면에
들어야 했던 자들의 허물 같은 것이다.

기껏 도토리 알이나 품고 삭아가는 노년기의
山 앞에서, 봄에 잠시 드러나는
山의 한 많은 내력 앞에서
못 볼 것을 본 듯, 이 초저녁
난 자꾸만 가슴을 두드린다.
기적은 오지 않겠지만
저 산은 곧 신록으로 덮일 것이고,
곧게 자라지도
단단하지도 못한 상수리들은

또 사연을 만들 것이다.

산은 무심해서 모든 것들의
일부고, 그런 봄날
생은 잠시 몸을 뒤척인다. 다 귀찮다는 듯이

강물의 일

사람의 일에도 눈물이 나지 않는데 강물의 일에는 눈물이 난다.

사람들이 강물을 보고 기겁을 하는 이유는 분명하다. 총구를 떠난 총알처럼, 다시 돌아오지 않기 때문이다. 강물은 어떤 것과도 몸을 섞지만 어떤 것에도 지분을 주지 않는다. 고백을 듣는 대신, 황급히 자리를 피하는 강물의 그 일은 오늘도 계속된다. 강물은 상처가 많아서 아름답고, 또 강물은 고질적으로 무심해서 아름답다. 강물은 여전히 여름날 이 도시의 대세다.

인간은 어떤 강물 앞에서도 정직하지 않다. 인간은 어떤 강물도 속인다. 전쟁터를 누비던 강에게 도시는 비겁하다. 사람들은 강에게 무엇을 물어보든 답을 들을 수는 없다. 답해줄 강물은 이미 흘러가버렸기 때문이다.

빠르게 흘러가버리는 일
여름날 강이 하는 일

외전 2

무엇이든 딱 잘라서 말하는 게
갈수록 어려워진다
일 없는 늦은 저녁
설렁탕 한 그릇에 함께 먹을 사람조차
마땅치 않을 때
사는 건 자주 서늘하다

나이 들어 하는 사랑은
자꾸만 천한 일이 되고
암 수술하고 누워 있는 동창에게서
몇 장 남지 않는 잡지의
후기가 읽힐 때
생은 포자만큼이나 가볍다

수십 년 전 방공호 속에서
초현실주의 시를 읽었던 선배들은
이렇게 가볍지는 않았을까
바흐를 들으며
페노바르비탈을 먹었다는 그들은
지리멸렬한 한 세기를 사랑했을까

나는 아직도 생에 대해서 알지 못한다

상처에 대해서 알 뿐
안부를 물어줄 그 무엇도 만들어놓지 못했다

대폭발이 있었다던 오래전 그날 이후
적의로 가득 찬 광장에서
생이여, 넌 어떻게 견뎌왔는지
기찻길에서 풀풀 날리던 사랑들은
얼마나 많이 환생하고 있는지

생각이 아프면 내가 아프다
생이여!

내가 원하는 천사 *2012*

마지막 무개화차

남자는 사랑이 식는 걸 두고 볼 수 없었다. 신전 기둥에 모든 새들의 머리가 자신의 사랑을 경배하도록 새겨놓았다. 지혜롭다는 새들의 머리는 수천 년 동안 욕망을 마주했지만, 세월이 그것보다 먼저 욕망을 반박했다. 남자는 울부짖었지만 여자는 사하라의 먼지가 되어 날아갔다. 파이터였던 남자는 더 많은 기둥을 세우다 미쳤고, 서풍을 따라 어디론가 사라져버렸다.

폐허의 불문율이 있다. 묻어버린 그 어떤 것도 파내지 말 것. 폐허 사이로 석양이 물처럼 흐를 때 속수무책으로 돌아올 것

오늘 밤 모래바람이 등고선을 바꾸고
사막여우 한 마리가
사람들이 버리고 간 콜라 병을 핥는다

살아 있는 자들은
인생을 생각하는 내내 힘이 빠진다.
마지막 무개화차가 지나간다.

삽화

알약들처럼 빗방울이 성긴 저녁. 용케 젖지 않은 자들의 안도 속에 하루가 접히고 있었다.

퇴근 무렵. 아버지가 당신의 결혼사진을 들고 찾아왔다. 자꾸 빛이 바랜다며 어떻게 할 수 없겠냐고 비닐봉지에 싸 온 사진을 내밀었다.

사진 속 어머니의 드레스는 이제 완벽한 황토색이다. 친일파와 빨갱이 집안의 결합. 하객보다 기관원이 더 많았다는 집안 내력을 생각하며, 곁눈질로 사진을 보며, 나는 꼬리곰탕을 후후 불었다.

속으론 "살아 계실 때 잘 좀 하시지"라고 투덜댔지만, 반주까지 걸친 다혈질의 아버지에게 그 말은 차마 꺼내지 못했다.

비는 다음 날에도 계속됐고, 나는 비닐에 싸인 빛바랜 사진을 옆구리에 끼고 충무로 골목길을 헤맸다.

오늘도 뭔가 포기하지 않은 새들만 비를 맞는다.

나의 마다가스카르 3

그날, 동네 하천이 넘쳤을 때. 어머니는 사람들 만류를 뿌리치고 무릎까지 잠긴 집에 들어가 아들이 아끼던 수동 타자기를 들고 나왔다. 난 그날 번지점프를 하러 갔다.

전화기 너머에서 어머니가 물었다. "바오로니 베드로니?" 난 대답했다. "아니오 예수입니다." 난 그날 마다가스카르로 갔다.

어머니가 돌아가신 날 육개장을 퍼먹으며 나는 나의 이중성에 치를 떨거나 하진 않았다. 난 그날 야간비행을 하러 갔다.

나의 소혹성에서 그런 날들은 다른 날과 같았다. 난 알고 있었던 것이다. 생은 그저 가끔씩 끔찍하고, 아주 자주 평범하다는 것을.

소혹성의 부족들은 부재를 통해 자신의 예외적 가치를 보여준다. 살아남은 부족들은 시간을 기억하는 행위를 통해서만 슬퍼진다. 어머니. 나의 슬픈 마다가스카르.

내가 원하는 천사

천사를 본 사람들은
먼저
실망부터 해야 한다.

천사는 바보다.
구름보다 무겁고,
내 집게손가락의 굳은살도
해결해주지 못한다.

천사는 바보이고
천사는 있다.

천사가 있다고 믿는
나는
천사가 비천사적인 순간을
아주 오랫동안 상상해왔다.

나는 하루에도 몇 번씩
천사를 떠올린다.

본드 같은 걸로 붙여놓았을 날개가
떨어져 나가는 바람에

낭패를 당한 천사.
허우적거리다
진흙탕에 처박히는 천사.

진흙에 범벅되는 하얀 인조 깃털
그 난처한 아름다움.

아니면
야간 비행 실수로
낡은 고가도로 교각 끝에
불시착한 천사

가까스로 매달린 채
엉덩이를 내보이며
날개를 추스르는 모습이 그려진다.

아니면
비둘기 똥 가득한
중세의 첨탑 위에서
갑자기 쏟아지는 비를 맞으며
측은하게 지상을 내려다보는
그 망연자실.

내가 원하는 천사다.

어떤 방의 전설

아침마다 빨랫줄에 앉아 울고 가는 까마귀가 있었고, 마름 모꼴로 생긴 방이었다. 어느 계절이었다. 세상에 나갈지 말지를 고민했다. 방에서 나오면 철제 계단이 있었다. 철제 계단을 감당하면 그다음 골목들과 간판들과 주택들. 이런 것들을 감당해야 했다.

번번히 포기했었다. 철제 계단 앞에서 돌아서곤 했다. 하루 종일 뒹굴던 작은 방에는 주술 같은 연속무늬가 있었다. 하나씩 세다 보면 무늬들은 엄청난 속도로 자기들끼리 만나고 헤어졌다. 그 방도 벅찼다.

새로 만들어진 것을 피해 내가 살았다. 미래는 서툰 권력이다. 난 방을 나가지 않았다.

열반의 놀이동산

스님이 된 친구에게 물었다.
"넌 결국 뭐가 되는 거지?"
친구가 대답했다.
"길에서 죽는 거지."

인공 호수 위로
비가 내렸다.

합성수지로 만든 성에서
칠이 벗겨진 공주가 웃고 있었다.
호수에 처박힐 듯
롤러코스터가 자맥질을 치고
살찐 잉어들은
롤러코스터에서
저녁거리가 떨어지기만을 기다렸다.

윤회다.
가출 소녀들이 먹다 버린
컵라면이 나뒹구는 벤치에서
우리는 디카로 사진을 찍었다.
부처도 시도
이야기하지 못한 채

무거운 시간 내내
열반의 놀이동산만
바라보고 있었다.

차에 시동이 걸리자
따라나온 친구가 합장을 했다.
바싹 마른
친구의 발에 걸려 있던
하얀 고무신.

자꾸만
길게 이어진 굵은 점선처럼
빙하를 따라가던
순록 떼가 생각이 났다

아나키스트

우물을 들여다보는 게
두려웠던 사람들.
우물이 오염됐다고
아무리 서류를 작성해도
우물은 바뀌지 않았다.

시름시름
우물에 얼굴을 비춰 본 사람들은
우물에서
치욕을 맛보고
풍파를 읽는다.

우물은
눈물과 땀이 고인
검은 배꼽.
잡사를 비추는
생의 배꼽.

들여다본 자들은
불안에 빠진다
누구는 배꼽으로 들어갔고
누구는 나오지 못했다.

우물에서는
가끔 저음의 포유류 울음소리가
들렸지만 그걸로 끝이었다.

당국은
2급수를 유지하고 있다고 했지만
사람들은
역병에 시달렸다.

부적응의 천재가 어느 날
우물을 폭파시켰고
우물은 다시 생겼다.
그래도 사람들은
우물과 친해지지 않았다.

어떤 갈등도
농담으로 무마되지 않을 때
이미 선을 넘은 것이다.

소립자 2

기억이라고 말하는 순간, 그 순간은 이미 낡은 것이다. 그녀의 작은 손을 감싸고 있던 줄무늬 장갑이라든지, 부시시 깨어나 받는 전화 목소리라든지, 술에 취했을 때 눈에 내려앉는 습기라든지.

낡은 것들이 점점 많아질 때 삶은 얼마든지 분석이 가능하다. 어떤 오래된 골목길에 내가 들어섰던 시간, 그 순간의 호르몬 변화, 가로등 불빛의 밝기와 방향, 그날의 습도와 주머니 사정까지. 나를 노려보던 고양이의 불안까지.

그 골목에서 이런 것들이 친밀감의 운동을 시작했고 나에게 수정되지 못할 기억으로 남았다. 누구는 그걸 사랑이라 했고, 누구는 그날 파열음이 들렸다고 했으며, 누구는 그날 개기일식이 있었다고 했다.

바람이 분다. 분석해야겠다.

어떤 아름다움

(도쿄 어느 대학 교정에서 만난, 보츠와나에서 날아온 녀석은
영양을 닮아 눈이 예뻤다.)

녀석은 카랑가 세츠와나 줄루족의 말을 다 할 수 있다고 했
다. 에이즈를 감기와 비슷한 무게로 말할 줄 아는 실존주의자였
던 녀석은 눈이 예뻤다. 나는 녀석을 보면서 선사시대로부터 내
려온 아름다움과 그것을 둘러싸고 있는 잔혹함에 대해서 생각
했다.

입국할 때 입고 온 청바지 한 벌을 떠날 때까지 입으며 녀석
은 스텝을 밟듯 인정머리 없는 도시를 쏘다녔다.
가끔 실타래 같은 전철 환승구로 미끄러지듯 사라지는 녀석
을 물끄러미 바라보곤 했다. 그럴 때면 녀석의 걸음걸이에 남아
있던 초원의 리듬과 전철 안내 방송이 용서하기 힘든 화음으로
들려왔다.

나는 자주 한 마리 영양이 전기 울타리에 갇혀 있는 상상을
하곤 했다.

Cold Case

한 친구는 부처를 알고 나니까 시 같은 거 안 써도 되겠다며 시를 떠났다. 또 한 친구는 잠들어 있는 딸아이를 보니까 더 이상 황폐해지면 안 되겠다는 생각이 들었다며 시를 떠났다. 부러웠다. 난 적절한 이유를 찾지 못했다. 별자리 이름을 많이 알았거나, 목청이 좋았다면 나는 시를 버렸을 것이다. 파킨슨병에 걸린 초파리를 들여다보며 하루를 보낼 수 있었다면 시를 쓰지 않았을 것이다. 신중한 내연기관이었다면 수다스럽게 시를 쓰지 않았을지도 모른다.

하지만 난 또 시를 쓴다. 그게 가끔은 진실이다. 난, 언제나 끝까지 가지 못했다. 부처에게로 떠난 친구나, 딸아이 때문에 시를 버린 친구만이 끝까지 갔다.

미안하다. 미안하다. 내 시가 누군가의 입맛을 잃게 해서. 끝까지 가지 못해서.

천국은 없다

　사랑은 하필 지긋지긋한 날들 중에 찾아온다. 사랑을 믿는 자들. 합성섬유가 그 어떤 가죽보다 인간적이라는 걸 모르는 자들. 방을 바꾸면 고뇌도 바뀔 줄 알지만 택도 없는 소리다. 천국은 없다.

　사랑이 한때의 재능이었다는 걸 깨닫는 순간은 인간에게 아주 빨리 온다. 신념은 식고 탑은 무너진다. 무너지는 건 언제나 상상력을 넘어선다. 먼지 휘날리는 종말의 날은 생각보다 아주 짧다. 다행히 지칠 시간은 없다.

　탑의 기억이 사라질 즈음
　세상엔 새로운 날이 올 것이다.
　지긋지긋한 어떤 날이.

계급의 목적

옷을 입으면서 인간은 불행해졌다. 계급이 생긴 거다. 계급은 도시에 더 많다. 계급은 커피에도 삼겹살에도 있다. 계급에 따라 신호등이 켜지고, 엘리베이터도 계급에 멈춰 선다. 계급은 준엄하다. 계급에 익숙하지 않은 사람들은 잘 닦인 구두에 짓밟힌다. 밟히면 계급에 더 빨리 취한다. 아이러니다.

이곳에선 악마의 이름에도 계급이 매겨진다. 사람들은 계급을 얻기 위해 고향을 떠나 길 위에서 빵을 먹는다. 버스 노선을 외우고 밤마다 모텔들에 불이 훤하고 계급은 잠들지 않는다. 계급은 좋은 점이 하나 있다. 옷을 벗으면 잠시 사라진다.

나쁜 소년이 서 있다 *2008*

간밤에 추하다는 말을 들었다

배고픈 고양이 한 마리가 관절에 힘을 쓰며 정지 동작으로 서 있었고 새벽 출근길 나는 속이 울렁거렸다. 고양이와 눈이 마주쳤다. 전진 아니면 후퇴다. 지난밤이 고스란히 남아 있는 나와 종일 굶었을 고양이는 쓰레기통 앞에서 한참 동안 서로의 눈을 바라보며 서 있었다. 둘 다 절실해서 슬펐다.

"형 좀 추한 거 아시죠."

얼굴 도장 찍으러 간 게 잘못이었다. 나의 자세에는 간밤에 들은 단어가 남아 있었고 고양이의 자세에는 오래전 사바나의 기억이 남아 있었다. 녀석이 한쪽 발을 살며시 들었다. 제발 그냥 지나가라고. 나는 골목을 포기했고 몸을 돌렸다. 등 뒤에선 나직이 쓰레기봉투 찢는 소리가 들렸다. 고양이와 나는 평범했다.

간밤에 추하다는 말을 들었다.

도미

헤엄치기를 잊어버린 도미가 수족관 안에 뒤집어져 있다. 자기가 뒤집어진 걸 아는지 모르는지 처연하게 뒤집어져 있다. 죽었나 싶었는데. 살짝살짝 꼬리지느러미를 움직이며 삶의 한 방점을 찍고 있다. 자세히 들여다보니 눈이 맑다. 원래 저렇게 생겨 먹은 누인지는 알 수 없지만 아무도 미워하지 않는 자의 눈이다. 그러다간 가끔 천천히 수족관 바닥으로 가라앉는다. 그 움직임이 연기 같고 구름 같다. 바닥에 닿는 듯하면 이내 움찔 다시 수면으로 올라온다. 용서한 자의 자태다. 그렇게 또 한 방점을 찍는 것이다.

아픈 표정 하나 없이 도미는 하루 종일 삶의 방점을 찍고 있었다.

난분분하다

안 가 본 나라엘 가 보면 행복하다지만, 많이 보는 만큼 인생은 난분분亂紛紛할 뿐이다. 보고 싶다는 열망은 얼마나 또 굴욕인가. 굴욕은 또 얼마나 지독한 병변인가. 내 것도 아닌 걸, 언젠가는 도려내야 할 텐데. 보려고 하지 말라. 보려고 하지 말라. 넘어져 있는 부처의 얼굴을 꼭 보고 말아야 하나. 제발 지워지고 묻혀진 건 그냥 놔두라.

가장 많이 본 사람은 가장 불행하다. 내 앞에 있는 것만 보는 것도 단내 나는 일인데. 땅속에 있는 전설을 보는 자들은 무모하다. 눈으로 보아서 범하는 병.

끌려 나온 물고기가 눈이 튀어나온다.

안에 있는 자는 이미 밖에 있던 자다

불빛이 누구를 위해 타고 있다는 설은 철없는 음유시인들의 장난이다. 불빛은 그저 자기가 타고 있을 뿐이다. 불빛이 내 것이었던 적이 있는가. 내가 불빛이었던 적이 있는가.

가끔씩 누군가 나 대신 죽지 않을 것이라는 걸. 나 대신 지하도를 건너지도 않고, 대학 병원 복도를 서성이지도 않고, 잡지를 뒤적이지도 않을 것이라는 걸. 그 사실이 겨울날 새벽보다도 시원한 순간이 있다. 직립 이후 중력과 싸워 온 나에게 남겨진 고독이라는 거. 그게 정말 다행한 순간이 있다.

살을 섞었다는 말처럼 어리숙한 거짓말은 없다. 그건 섞이지 않는다. 안에 있는 자는 이미 밖에 있던 자다. 다시 밖으로 나갈 자다.

세찬 빗줄기가 무엇 하나 비켜 가는 것을 본 적이 있는가. 남겨 놓는 것을 본 적이 있는가. 그 비가 나에게 말 한마디 건넨 적이 있었던가. 나를 용서한 적이 있었던가.

숨 막히게 아름다운 세상엔 늘 나만 있어서 이토록 아찔하다.

나쁜 소년이 서 있다

세월이 흐르는 걸 잊을 때가 있다. 사는 게 별반 값어치가 없기 때문이기도 하지만 파편 같은 같은 삶의 유리 조각들이 처연하게 늘 한자리에 있기 때문이다. 무섭게 반짝이며

나도 믿기지 않지만 한두 편의 시를 적으며 배고픔을 잊은 적이 있었다. 그때는 그랬다. 나보다 계급이 높은 여자를 훔치듯 시는 부서져 반짝였고, 무슨 넥타이 부대나 도둑들보다는 처지가 낫다고 믿었다. 그래서 나는 외로웠다.

푸른색. 때로는 슬프게 때로는 더럽게 나를 치장하던 색. 소년이게 했고 시인이게 했고, 뒷골목을 헤매게 했던 그 색은 이젠 내게 없다. 섭섭하게도

나는 나를 만들었다. 나를 만드는 건 사과를 베어 무는 것보다 쉬웠다. 그러나 나는 푸른색의 기억으로 살 것이다. 늙어서도 젊을 수 있는 것. 푸른 유리 조각으로 사는 것.

무슨 법처럼, 한 소년이 서 있다.
나쁜 소년이 서 있다.

빛이 나를 지나가다

초월한다는 게 도대체 모르핀 같은 건가. 손목이 부러지고 깁스한 지 한 달째, 우울한 팬터마임으론 아무도 웃기지 못한다는 걸 알았다. 이미 어두울 만한 데는 몽땅 어둡고 뼈만 하얗게 빛나는 밤하늘이 필름 속에 그득하다. 고래고래 욕하고 헤어진 사랑만 하얗게 남는구나. "2주만 더"라는 의사의 선고를 받고 피식 웃었다. 혹시 썩고 있는지도 몰라. 빌어먹을, 흙 속에 손목을 파묻고 싹이 나기를 기다리지.

남은 한 손에 가방까지 들었는데 하필 비가 올 건 또 뭔가. 택시의 얼굴이 하나같이 사납다. 글쎄야 안 쓰면 그만인데, 손 다치고 나니까 웬 놈의 박수 칠 일이 이렇게나 많은지. 용서하자. 빛은 어딘가에 도달하기 위해 나를 지나쳤을 뿐, 어차피 내 손목이나 내 사랑은 안중에도 없었다.

슬픈 빙하시대 2

자리를 털고 일어나던 날 그 병과 헤어질 수 없다는 걸 알았다. 한번 앓았던 병은 집요한 이념처럼 사라지지 않는다. 병의 한가운데 있을 때 차라리 행복했다. 말 한마디가 힘겹고, 돌아눕는 것이 힘겨울 때 그때 난 파란색이었다.

혼자 술을 먹는 사람들을 이해할 나이가 됐다. 그들의 식도를 타고 내려갈 비굴함과 설움이, 유행가 한 자락이 우주에서도 다 통할 것같이 보인다. 만인의 평등과 만인의 행복이 베란다 홈통에서 쏟아지는 물소리만큼이나 출처 불명이라는 것까지 안다.

내 나이에 이젠 모든 죄가 다 어울린다는 것도 안다. 업무상 배임, 공금횡령, 변호사법 위반. 뭘 갖다 붙여도 다 어울린다. 때묻은 나이다. 죄와 어울리는 나이. 나와 내 친구들은 이제 죄와 잘 어울린다.

안된 일이지만 청춘은 갔다.

박수 소리

귀가 웅웅거리니까 세상은 똑같은 소리만 낸다. 에밀레종이다. 어쨌든 그게 수술까지 해야 하는 일인가. 난 그래도 중환자 넘쳐 나는 백 년 된 이 병원에선 귀여운 환자다. 구원을 기다린 건 아니지만 그래도 수술은 너무하다. 베토벤도 있는데.

우정을 믿지 않는 남자 애들이 병원 뒤편에 모여 앉아 간호사의 치마 속을 상상하고 있을 때 「운명」이 울려 퍼진다. 날 수 있다고 믿었다. 적어도 저 병실의 천장까지는. 안 들리더라도 외마디는 지를 수 있었다. 머릿속에 왔다 갔다 하는 생각들은 내 불운일 뿐이다. 그래도 나는 마취에서 '깨어나며' '깨달았다.' 불끈 솟아오르는 게 사랑만은 아니라는 걸 알았다.

박수받기 위해 살지 않았지만 박수 소리는 들리지 않았다. 그날은 왠지 꽃 같았다.

눈물이란 무엇인가 1

이상하다, 그리움이 없었다니.

가루처럼 갈려 나간 토막들 하나하나가 다 그리움이라고 믿었던 적이 있었는데 지금 생각하니 아무것도 아니었습니다. 강으로 쓸려 내려오는 건 그리움의 잔해가 아니었습니다. 그저 내가 믿었던 그날그날의 신(神)들이 어딘가에 쌓여 있다가 온 것들이었습니다. 내가 그들을 다 믿었냐고요. 그날은 믿었지만 오늘은 그리움조차 없습니다. 오늘 나는 눈물에 쓸려 가 버렸습니다.

눈물을 흘리지 않은 날이 꽤나 길었습니다. 그날그날의 그리움에게 바쳤던 눈물이 기억이 나지 않았었는데. 오늘 나는 눈물에 쓸려 갑니다. 언젠가 신이 사라진 날 내게는 눈물이 사라졌고, 신이 돌아온 날 나는 온통 눈물입니다. 가득 찬 게 없어 흘릴 눈물도 없었는데 오늘 나는 눈물에 쓸려 갑니다.

내가 악마였던 날들을 떠올리며 지금도 악마인 나를 떠올리며 쓸려 가 버린 토막들을 기억합니다. 내게 신이었던 날들을 기억합니다. 왜 여름날의 눈물은 흙탕물뿐인지, 왜 감당이 되지 않는지.

가난한 사람이 음식 앞에서 수줍어하는 것처럼 나는 오늘 눈물 앞에서 수줍어합니다.

휴면기

오랫동안 시 앞에 가지 못했다. 예전만큼 사랑은 아프지 않았고, 배도 고프지 않았다. 비굴할 만큼 비굴해졌고, 오만할 만큼 오만해졌다.

세상은 참 시보다 히술했다. 시를 썼던 밤의 그 고독에 비하면 세상은 장난이었다. 인간이 가는 길들은 왜 그렇게 다 뻔한 것인지. 세상은 늘 한심했다. 그렇다고 재미가 있는 것도 아니었다.

염소 새끼처럼 같은 노래를 오래 부르지 않기 위해 나는 시를 떠났고, 그 노래가 이제 그리워 다시 시를 쓴다. 이제 시는 아무것도 아니다. 너무나 다행스럽다.

아무것도 아닌 시를 위해, 더 이상 아무것도 아니길 바라며 시 앞에 섰다.

멸치

언젠가 하얀 눈보라처럼 바닷속을 휘저었을 멸치 떼가 말라 간다. 영혼은 빠져나갔는데 하나같이 눈을 뜨고 있다. 죽기 싫었던 멸치가, 사랑의 정점에 있던 멸치가 눈도 못 감은 채 말라 간다.

말라서 누군가에게 국물이 되는 종말. 그 종말에 대해 이야기하고 싶다. 눈 뜬 놈들이 뒤엉켜 말라 가는 홀로코스트의 현장에서 한 됫박의 미라와 한 됫박의 국물과 눈물을.

살아 있는 모든 것은 저렇게 단순하게 눈물이 되는 걸.
이제 와서 후회한다 나의 사유가 늘 복잡했던 것을.
내 사랑이 모두 음란했던 것을.

끔찍한 결과들로 뒤덮인 마트를 걸어 나오며 깨달았다. 말라 가는 것이 내가 아는 생生의 전부라는 걸.

생태 보고서 3

허접할수록 아름답다. 고대의 동굴 속에서 등잔의 그을음을 발견할 때. 아, 누군가 살려고 했었구나. 포기하지 않았었구나. 저잣거리를 도망친 누군가가 여기서 욕망을 접었구나. 외롭게.

흔적은 그렇게 오래간다. 동굴을 걸어 나오며 생각했다. 자기 발로 동굴에 들어온 사람들을. 음습함에 길들기 전 골백번 죽고 싶어도 죽지 못했을 사람들을. 살기 위해 어둠에 길든 사람들을.

동굴을 나가지 못한 것들은 뼈가 됐다. 흩어진 자모처럼 널브러진 뼈들을 보며 내가 속한 종種의 기억을 더듬는다.

빛을 바라보면 왜 어지러운지 알 것 같았다.

불온한 검은 피 *1995*

지옥에서 듣는 빗소리

수소 한 마리가 있었고 그 속엔 스콜이 지나간 마을이 있었다. 집들의 위치에 따라 햇볕은 달랐지만 여전히 마을엔 수소가 있었고 배고픔이 있었다

누군가 두 평짜리 방에서 날아올랐다는 소문이 들리기도 했지만 장마철만 되면 홈통을 따라 쏟아지는 빗물엔 당할 재간이 없었다. 모두 훑고 지나가는 기술. 지옥에 있는 어머니께 지옥에 있는 아들이 보내는

정의는 반드시 이기지 않는다. 내가 아닌 다른 사람들과의 교통은 얼마나 힘겨운가. 감화되지 않는다. 함께 사는 건 함께 죽는 것 치열하고 아쉬운 것

후두둑. 비닐하우스에서 들었던 위협적인 빗소리. 수소의 몸에서 나는 뼛소리. 내가 알고 어머니가 아는 떠나고 싶은 지옥에서 쏟아지는 빗소리

내가 나비라는 생각

그대가 젖어 있는 것 같은데 비를 맞았을 것 같은데 당신이 보이지 않는 곳에서 무너지는 노을 앞에서 온갖 구멍 다 틀어막고 사는 일이 얼마나 환장할 일인지

머리를 감겨 주고 싶었는데 흰 운동화를 사 주고 싶었는데 내가 그대에게 도적이었는지 나비였는지 철 지난 그놈의 병을 앓기는 한 것 같은데

내가 그대에게 할 수 있는 건 이 세상에 살지 않는 것 이 나라에 살지 않는 것 이 시대를 살지 않는 것 내가 그대에게 빗물이었다면 당신은 살아 있을까 강물 속에 살아 있을까

잊지 않고 흐르는 것들에게 고함

그래도 내가 노을 속 나비라는 생각

나는 빛을 피해 걸어간다

그대는 오지 않았네. 삐뚤어진 세계관을 나누어 가질 그대
는 오지 않았네. 나는 빛을 피해서 한없이 걸어가네.

나는 들끓고 있었다. 모두 다 내주고 어느 것도 새것이 아닌
눈동자만 남은 너를 기다렸다. 밤이 되면서 퍼붓는 어둠 속에
너는 늘 구원처럼 다가왔다. 철시를 서두르는 상점들을 지나 나
는 불빛을 피해 걸어간다. 행여 내 불행의 냄새가 붉은 입술의
너를 무너지게 했는지. 무덤에도 오지 않을 거라고, 보도블록
위에 토악질을 해 대던 너를 잊을 수는 있는 것인지. 나는 쉬지
않고 빛을 피해 걸어간다. 도대체 얼마나 많은 당신들이 저놈의
담벼락에다 대고 울다 갔는지. 이 도시에서 나와 더불어 일자리
와 자취방을 바꾸어 가며 이웃해 사는 당신들은 왜 그렇게 다들
엉망인지. 가면 마지막인지. 왜 아무도 사는 걸 가르쳐 주지 않
는지. 나는 또 빛을 피해 걸어간다.

비야, 날 살려라

비야
내 목을 조르지는 마라
여름 천변
한밤의 나방 떼처럼 쏟아져
새벽이면 퉁퉁 불어
눈조차 떠지지 않게 하지는 마라
지긋지긋한 연민이
흘러넘쳐
자고 나면 축축 늘어져
제대로 서 있는
잡풀 하나 없어도
비야
내 목을 조르지는 마라

그 길 위에서
사람들이 숨어 버린
그 길 위에서
나는 한 발짝도
떼지 못했구나

비야
내 발목을 붙잡지는 마라

헛바퀴만 도는
고물 트럭의 뒷모습이나
추억이고 뭐고 없이
나뒹구는 우산살과 별다르지 않게
내가 있겠지만
부끄럽게도
온몸 마디마디
환희를 새겨 넣지는 못했지만
비야
그래도 내 발목을 붙잡지는 마라

비야
날 살려라

권진규의 장례식

비가 내렸습니다.

권진규 씨는 허름한 옹이 박힌 관 속에 누워 있었습니다. 언제까지나 시들지 않을 것 같은 꽃은 모차르트가 들고 왔습니다. 잉크가 번져 일룩진 리본엔 "내 정신이 너의 가슴에"라고 적혀 있었습니다. 여섯 명의 조객 중엔 천재도 범인도 바보도 있었습니다. 하관이 끝나고 빗줄기가 굵어지자 붉은 황토물이 그들의 발을 적셨고 갑자기 모차르트가 소리를 지르며 뛰어가고 있었습니다.

최근에 만난 분 중에 가장 희망적이셨습니다[*]

차가운 문고리에 손을 가져갈 땐 항상 혼자였습니다. 죄송하게도 난 아무것도 갖지 못했고, 슬픈 집에서 가지고 나온 연민과 내가 서 있는 샛길이 전부였습니다. 들키지 않은 채 절반도 감기기 전에 끊어진 청춘.

내 사랑은 나를 넘어뜨리고 달려가 버린 것들 중에 있었습니다. 아쉽게도 이제 그것들은 내 눈에서 흐르지 않습니다. 지겹게 내뱉었던 인사말. 수화기를 내려놓으면 팔꿈치가 저렸습니다.

간직하기에 너무 힘든 나는 섬이었고, 결국 섬은 내 마음 밖으로 나가 주질 않았습니다. 무덤덤하게 몰아쳤던 시퍼런 파도야 잘 있거라. 허전한 기억들아, 당신에게조차 가기 힘들었던 겨울이었습니다. 잊기 힘든.

고맙습니다.
최근 만난 분 중에 가장 희망적이셨습니다.

[*] 권진규의 편지 중.

그 거리에선 어떤 구두도 발에 맞지 않았다

발이 편한 구두를 신어 본 적이 없었다

꿈과 계급의 불편한 관계 때문에
죽고 싶었지만 실패한 건 아니었고
난 아무것도 가슴에 묻지 못했다
잠이 깨면 우박 같은 게 내리던 거리
잠결로 쏟아지던 어머니, 하늘에 계신

죽을힘을 다해 꿈꾸는 거리는 몇 달째
공사 중이었고 구멍가게 앞에선
밤마다 피 터지는 싸움이 벌어졌다
뭘 그렇게 미워하며 살았는지
피 묻은 담벼락엔 미친 듯 살고 싶은
우리가 남아 있었다. 개새끼

그 거리에선 어떤 구두도 발에 맞지 않았고
어떤 꿈도 몸에 맞지 않았다
우리는 늘 그리워했으므로
그리움이 뭔지 몰랐고

참회록

영혼이 아프다고 그랬다. 산동네 공중전화로 더 이상 그리움 같은 걸 말하지 않겠다고 다시는 술을 마시지도 않겠다고 고장난 보안등 아래서 너는 처음으로 울었다. 내가 일당 이만오천 원짜리 일을 끝내고 달려가던 하숙촌 골목엔 이틀째 비가 내렸다.

나의 속성이 부럽다는 너의 편지를 받고, 석간을 뒤적이던 나는 악마였다. 11월 보도블록 위를 흘러 다니는 건 쓸쓸한 철야 기도였고, 부풀린 고향이었고, 벅찬 노래였을 뿐. 백목련 같았던 너는 없다. 나는 네게서 살 수 없었는지도 모른다. 아침에 일어나면 떨리는 손에 분필을 들고 서 있을 너를 네가 살았다는 남쪽 어느 바닷가를 찾아가는 밤기차를 상상했다. 걸어서 강을 건너다 아이들이 몰려나오는 어린 잔디밭을 본다. 문득 너는 없다. 지나온 강 저쪽은 언제나 절망이었으므로.

잃어버렸다. 너의 어깨를 생머리를. 막차 시간이 기억이 나질 않는다. 빗줄기는 그친 다음에도 빗줄기였고. 너는 이제 울지 못한다. 내게서 살지 않는다. 새벽녘 돌아왔을 때 빈방만 혼자서 울고 있었다. 온통 젖은 채 전부가 아닌 건 싫다고.

칠월

쏟아지는 비를 피해 찾아갔던 짧은 처마 밑에서 아슬아슬하게 등 붙이고 서 있던 여름날 밤을 나는 얼마나 아파했는지

체념처럼 땅바닥에 떨어져 이리저리 낮게만 흘러다니는 빗물을 보며 당신을 생각했는지. 빗물이 파 놓은 깊은 골이 어쩌면 당신이었는지

칠월의 밤은 또 얼마나 많이 흘러가 버렸는지. 땅바닥을 구르던 내 눈물은 지옥 같았던 내 눈물은 왜 아직도 내 곁에 있는지

칠월의 길엔 언제나 내 체념이 있고 이름조차 잃어버린 흑백영화가 있고 빗물에 쓸려 어디론가 가 버린 잊은 그대가 있었다

여름날 나는 늘 천국이 아니고, 칠월의 나는 체념뿐이어도 좋을 것
모두 다 절망하듯 쏟아지는 세상의 모든 빗물. 내가 여름을 얼마나 사랑하는지

내 사랑은

내가 앉은 2층 창으로 지하철 공사 5-24 공구 건설 현장이 보였고 전화는 오지 않았다. 몰인격한 내가 몰인격한 당신을 기다린다는 것 당신을 테두리 안에 집어넣으려 한다는 것

창문이 흔들릴 때마다 나는 내 인생에 반기를 들고 있는 것들을 생각했다. 불행의 냄새가 나는 것들 하지만 죽지 않을 정도로만 나를 붙들고 있는 것들 치욕의 내 입맛들

합성 인간의 그것처럼 내 사랑은 내 입맛은 어젯밤에 죽도록 사랑하고 오늘 아침엔 죽이고 싶도록 미워지는 것 살기 같은 것 팔 하나 다리 하나 없이 지겹도록 솟구치는 것

불온한 검은피, 내 사랑은 천국이 아닐 것

잠들 수 있음

보름 정도 들어가지 않은 자취방이 멀쩡하다 내 방은 내 골 칫거리다. 차라리 좌석버스 72-1번 종점 ××여관이 더 따뜻하고 편안하다. 싫증이 가는 곳, 내가 가는 곳. 팔자소관인지는 모르지만 나는 이제 어디서든 잠들 수 있다. 몇 번의 실험을 거쳐 나는 장소와 분위기를 불문하고 잠들 수 있음을 알아냈다. 얼마나 흐릿하고 싱거운 밤들인가. 물 탄 세상은 더 이상 아름답지 않다. 체르노빌에선 다트판만 한 할미꽃이 피고 있단다. 꿈 같은 세상이다. 엿 같은 꿈. 무슨 잠자리를 가릴 필요가 있겠는가. 놀이 같은 삶에 무슨 옥석이 있겠는가. 잠들 수 있음. 옆으로 삐딱하게 그러나 개발도상국 국기보다 훌륭하게.

출근

　나는 지금 목숨을 건다. 얼굴을 마주한 세상과 여자와 술값과 연탄가스에. 나의 꿈은 언제나 섬이며, 선착장의 붉은 깃발이며, 운명처럼 사라진 고향이다. 왜 가난은 항상 천재이며, 고독과 번민이 천재여야 하나. 사랑을 일삼기에도 난 시간이 없다. 서커스에서 춤추는 용과 나는 다를 게 없다. 뭐 시인 만세라고 빌어먹을 너희들은 나를 학생이라고 부르고, 허 군이라고 부르고, 가끔은 젊은 시인이라고 부른다. 독일이 폭력에 마약에 시달린다고, 갈 놈은 다 가는데 나는 지금 출근을 한다. 이해하지 못한 채 끌려간다. 언제부터 너희들은 내가 가는 곳마다 버티고 있었나. 왜 나는 목숨을 거나. 도대체 나는 왜 아버지를 닮고 있나. 나는 지금 병원엘 간다. 목숨을 걸었으므로, 바람처럼 가야 하므로, 발자국을 지워야 하므로, 나는 지금 목숨을 건다. 지중해에 태어나지 않았으므로.

내게 신이었던 날들은 시가 되고
시는 슬픔에 슬픔을 보태는 노래가 되고

내게 신이었던 날들은 시가 되고
시는 슬픔에 슬픔을 보태는 노래가 되고[*]
오연경

허연의 시는 그의 유년과 청춘의 선명한 경험들로부터 그만의 개인적 상징과 언어로 그려낸 사적 공화국이다. "내 시는 나만의 공화국에서 일어나는 일"(표4, Ⅲ)일 뿐이라는 허연의 말은 시에 대한 그의 독특한 입장을 표명하지만, 액면 그대로도 사실에 가까울 것이다. 그러나 삼십 년 동안 그가 지어 올린 시의 세계는 소문도 없이 은밀하게 우리가 원하는 공화국이 되었다. 우리는 허연의 시를 통해 상실한 줄도 모르고 잊어버린, 그리운 줄도 모르고 그리워하는 세계가 있다는 것을 알게 되었다. 그는 어디에도 없는 새로운 공화국을 건설한 것이 아니라 우리 마음 깊은 곳에 폐허이자 무덤으로 잔존하는 세계를 익숙하고도 낯선 공화국으로 복원해냈다. 그곳은 근원적 슬픔이 주권자인 세계, 슬픔이 삶의 모든 권력을 집행하고 현재를 휩쓸어가는 세계, 그리하여 온몸의 촉수가 그리움을 앓게 하는 슬픔의 공화국이다.

우리를 사로잡고 무릎 꿇게 했던 매혹의 날들, 온 존재를 뒤흔들던 지독한 고통과 환희의 날들, 그러나 시간의 압력에 눌

---

[*] 등단 이후 삼십 년 동안 허연이 펴낸 시집은 다음과 같다. Ⅰ.『불온한 검은 피』(세계사, 1995), Ⅱ.『나쁜 소년이 서 있다』(민음사, 2008), Ⅲ.『내가 원하는 천사』(문학과지성사, 2012), Ⅳ.『오십 미터』(문학과지성사, 2016), Ⅴ.『당신은 언제 노래가 되지』(문학과지성사, 2020). 이 글에서 인용하는 시의 출처는 작품 제목 뒤에, 출간 순서대로 매긴 인용 시집의 로마 숫자를 병기하여 밝히기로 한다. 아직 시집으로 묶이지 않은 근작 시의 출처는 임의로 'Ⅵ'으로 표기한다.

려 서랍 속에 처박힌 날들, 밥벌이와 일상을 위해 망각과 교환해버린 날들, 그렇게 모든 것을 바쳐 사랑했으나 흘러간 세월이 되어버린 날들이 저 멀리서 희미하게 빛나고 있다. 허연의 공화국은 현실 안의 소외된 자리가 아니라 현실로부터 추방된 바로 저 자리에서 솟아난다. 이미 지나가고 사라져버린 것들, 다시는 돌아올 수 없는 것들이 이 공화국의 신민들이다. 그러므로 정작 추방된 것은 사라진 자들이 아니라 오히려 그곳으로부터 떨어져 나와 지금 여기에 무력하게 던져져 있는 우리 자신인 것이다. 살아 있는 자들은 초라해지고 사라진 자들이 추앙받는, 지나간 것들은 서서히 말라가고 지금 여기는 눈물바다인, 과거만이 자유롭고 내일은 죽어버린 이 공화국에서 시의 호르몬은 늘 기억을 향한다.

허연의 시에서 지나간 시간은 기원이자 종말, 재난이자 축복, 구원이자 구속, 성스러운 것이자 두려운 것, 그러니까 일종의 신神과 같은 것이다. 시인은 저 지나간 날들을 섬기는 신앙인으로서, 기억이 기도이고 그리움이 속죄이고 망각이 처벌인 세상을 살아간다. 이것은 특별한 사연을 지닌 한 개별자의 이야기가 아니라 모든 존재의 실존적 운명에 관한 이야기이다. "내가 믿었던 그날그날의 신神들"(「눈물이란 무엇인가 1」, II)을 세월 속에 흘려보내고 배교자의 신분으로 오늘을 사는 존재의 운명. 죽음과 불가역성, 기억과 상실, 청춘과 늙어감에 연루된 이 비

극적 운명이야말로 슬픔의 기원 같은 것이다. 인간에 대한 끝없는 연민이 솟아나는 곳, 현재의 삶과 불화하는 이방인의 태도가 뿌리내린 곳, "고통받는 삶의 형식"(「슬픔에 슬픔을 보냈다」, VI)으로 시가 피어나는 곳, 그러니까 '허연'이라는 고유한 태도가 탄생하는 곳이 바로 여기이다.

그날 이후 슬픈 빙하시대

허연의 시에는 어떤 원형적 사건이라 할 만한 장면들이 다섯 권의 시집 곳곳에 파편처럼 흩어져 있다. 하루 두 번 무개화차가 지나던 철길, 축대가 높았던 천변의 야트막한 집, 소년원에 가고 폐를 앓고 손가락이 잘리기도 했던 동네 아이들, 거지 소녀가 살던 교각 밑, 주일 헌금으로 과자를 사 먹고 퉁퉁 부은 종아리로 기어올랐던 제방길, 제비집을 허물고 쫓겨나 처마 밑에서보낸 하룻밤, 해바라기 밭 사이로 절룩이며 마중 나오는 어머니, 교도소 담벼락에 기대 앉아 칫솔대에 성모상을 새기는 아버지, 사복 경찰들이 서성이던 자취촌, 연서 같은 게 꽂혀 있던 파란 대문집, 비 내리는 처마 밑에서 당신과 등 붙이고 서 있던 여름밤, 세계문학전집에 포도주를 끼얹고 불을 질렀던 애인, 나쁜 놈이라는 말을 던지고 막차를 타고 떠난 당신, 그날의 가로등 밝기와 습도와 주머니 사정과 고양이의 눈빛.

　　과거의 구체적 사건과 관련되어 있을 것으로 짐작되는 이런 장면들은 "절대로 묻히거나 잊히지 않는 일"(「무념무상 2」, Ⅲ), 개인사에 각인된 사적 경험이다. 이것들은 허연의 시에서 개인적 신화를 구성하는 일종의 신화소神話素로 기능한다. 지나간 시절의 '그날'과 '당신'은 모든 환희와 고통의 근원, 이후의 삶을 지배하는 압도적 권력, 그리움이라는 병의 기원으로서 신화적 의미를 지닌다. 신화의 세계로부터 추방된 뒤 탈신화의 시간, 세속의 시간, 죄와 타락의 시간이 시작되는 것처럼 허연의 시에는 '그날 이후'라는 단절이 존재하며 여기서 삶과 시에 대한 근본 태도가 출발한다.

　　　　푸른색. 때로는 슬프게 때로는 더럽게 나를 치장하던 색. 소년이게 했고 시인이게 했고, 뒷골목을 헤매게 했던 그 색은 이젠 내게 없다. 섭섭하게도

　　　　나는 나를 만들었다. 나를 만드는 건 사과를 베어 무는 것보다 쉬웠다. 그러나 나는 푸른색의 기억으로 살 것이다. 늙어서도 젊을 수 있는 것. 푸른 유리 조각으로 사는 것.

　　　　무슨 법처럼, 한 소년이 서 있다.

나쁜 소년이 서 있다.

- 「나쁜 소년이 서 있다」(Ⅱ) 부분

저 신화의 세계는 "푸른색"으로 대변된다. 그것은 슬프고 더러운 색이지만 나를 있게 한 색, 소년이고 시인이게 했던 색, 그러나 이제는 더 이상 나에게 없는 색, 그것에 대한 기억만으로 살아가야 할 색, 늙어서도 젊을 수 있게 할 색이다. 모든 의미 있는 것들을 간직한 푸른색의 시절은 닫혀버렸고 그 세계로부터 추방된 나는 또 다른 나, 만들어진 나, 세속의 현실에 던져진 나로 살아갈 뿐이다. "나를 만드는 건 사과를 베어 무는 것보다 쉬웠다"는 자조와 "푸른색의 기억으로 살 것"이라는 결심 사이에 예언처럼 "나쁜 소년"이 서 있다. 그러니까 소년도 어른도 아닌 "나쁜 소년"은 신화의 세계와 세속의 현실을 연결하고 구분 짓는 매듭점, 과거로부터 연유하여 이후의 시간을 지배할 법, 푸른색에 중독된 시적 페르소나 같은 것이다.

　일찌감치 이 시는 첫 시집 출간 이후 십 년 남짓의 공백을 넘어 허연의 귀환을 알린 선언으로 읽혔다. 그에게는 시로 돌아오기 위한 어떤 통과의례가 필요했던 것 같다. 그것은 "절반도 감기기 전에 끊어진 청춘"(「최근에 만난 분 중에 가장 희망적이셨습니다」, Ⅰ)과의 이별이자 "투항하지 못한 시정잡배"(「통증」,

II)라는 뼈아픈 자기 규정이자 "죽어도 끌어안을 수 없는 그리움"(「추전역」, II)에 대한 항복이었다.

자리를 털고 일어나던 날 그 병과 헤어질 수 없다는 걸 알았다. 한번 앓았던 병은 집요한 이념처럼 사라지지 않는다. 병의 한가운데 있을 때 차라리 행복했다. 말 한마디가 힘겹고, 돌아눕는 것이 힘겨울 때 그때 난 파란색이었다.

혼자 술을 먹는 사람들을 이해할 나이가 됐다. 그들의 식도를 타고 내려갈 비굴함과 설움이, 유행가 한 자락이 우주에서도 다 통할 것같이 보인다. 만인의 평등과 만인의 행복이 베란다 홈통에서 쏟아지는 물소리만큼이나 출처 불명이라는 것까지 안다.

내 나이에 이젠 모든 죄가 다 어울린다는 것도 안다. 업무상 배임, 공금횡령, 변호사법 위반. 뭘 갖다 붙여도 다 어울린다. 때묻은 나이다. 죄와 어울리는 나이. 나와 내 친구들은 이제 죄와 잘 어울린다.

안된 일이지만 청춘은 갔다.

– 「슬픈 빙하시대 2」(II) 전문

"청춘은 갔다"라고 말하는 시인의 내면은 복잡해 보인다. 지나간 시절에 대한 종언이 현재의 나에 대한 단죄를 품고 있기 때문이다. "때 묻은 나이" "죄와 어울리는 나이", 시정잡배에 실존적 잡놈이라는 자조, 끝까지 가지 못했다는, 투신하지 못했다는 자책, 밥벌이를 위해 절반의 타협으로 추하게 살아왔다는 자괴감은 가혹한 자기 성찰이다. 그에게 현재는 파란색의 결여이자 상실, "진행형의 상스러움"(「살은 굳었고 나는 상스럽다」, Ⅱ)이 새겨진 시간이다. 그는 타락한 현재를 구원하기 위해 끊임없이 과거를 불러내지만, 그리움에 중독될까 두려워 과거를 애써 종결시키고자 한다. 이 모순된 감정이 오십 미터도 못 가 당신을 떠올리게 하고(「오십 미터」, Ⅳ) 당신으로부터 도망치고 싶다고, 당신은 지옥이라고 고백하게 한다(「슬픈 버릇」, Ⅴ). 시인은 왜 이토록 과거에 집착하는 것일까.

지겹도록 솟구치는 그리움은 돌아올 수 없는 것을 기다리는 고통스러운 질병이지만 아직 완결되지 않은 것을 현재로 소환하는 의식이기도 하다. 허연에게 과거는 영원히 완결되지 않는 것인 반면, 오히려 현재는 이미 완결된 것, 더 이상 새로울 것이 없는 지리멸렬한 것이다. "내게 세상은 빙하시대입니다"(「슬픈 빙하시대1」, Ⅱ)라는 말에는 그날 이후의 삶은 모든 사랑과 환희와 빛이 종결된 삶, 모든 의미 있는 것들이 차갑게 동결된 시대라는 인식이 함축되어 있다. 그는 현생의 한가운데를 지나면서 "이미 밖에 있던 자"이자 "다시 밖으로 나갈 자"(「안에 있는 자는 이미 밖에 있던 자다」, II)로서 자기 삶의 이방인이 된다. 현실의 세세한 전개에 거리를 둔 채, 미래에는 어떤 기대도 걸지 않은 채, 뜨겁게 들끓는 그리움을 누르며 삶에 대한 방관자적 태도를 지속하는 아이러니가 여기에 있다.

강물이 하는 일과 사람이 하는 일

허연은 왜 자기 자신의 바깥에, 현생의 너머에, 세속의 언더그라운드에 서 있으려 하는 것일까. 이유는 아주 단순할지도 모른다. 지금의 삶이 너무나 깊이 자기 자신에, 현생의 밥벌이에, 세속의 소식에 붙들려 있기 때문이다. 그러나 지금 나의 발목을 잡는 것은 세월이라는 큰물에 휩쓸려 갈 잔해들에 불과하다. 목숨을 걸었던 사랑도, 성채를 쌓을 것 같던 신념도, 번성했던 욕망도 가끔 반짝임을 남기겠지만 결국 지층에 묻히거나 물결에 휩쓸려 사라진다. 시인은 '가뭄 끝은 있어도 홍수 끝은 없다'는 옛말에서 인간사에 대한 고려가 없는 세월의 무심함, 그 세월에 맡겨진 존재의 운명을 떠올린다. 슬픔도 기쁨도, 연민도 악의도, 사랑도 환멸도 없이 오직 쓸려갈 것과 남겨질 것만 결정하는 것이 강물의 일이라면, 이번 장마에 쓸려갈 것인지 남겨질 것인지, 어느 하구의 모래톱에 박힐 것인지, 어느 지층에 탄소 알갱이로 묻힐 것인지 알지 못한 채 애면글면 눈앞의 빗방울에 매달려 있는 것이 사람의 일이다. 그러니까 허연은 지금-여기에 내리는 빗방울을, 문명 이전부터 흐르고 있는 저 유유한 강의 편에서 바라보려는 것이다.

사람들이 강물을 보고 기겁을 하는 이유는 분명하다. 총구를 떠난 총알처럼, 다시 돌아오지 않기 때문이다. 강물은 어떤 것과도 몸을 섞지만 어떤 것에도 지분을 주지 않는다. 고백을 듣는 대신, 황급히 자리를 피하는 강물의 그 일은 오늘도 계속된다. 강물은 상처가 많아서 아름답고, 또 강물은 고질적으로 무심해서 아름답다. 강물은 여전히 여름날 이 도시의 대세다.

인간은 어떤 강물 앞에서도 정직하지 않다. 인간은 어떤 강물도 속인다. 전쟁터를 누비던 강에게 도시는 비겁하다. 사람들은 강에게 무엇을 물어보든 답을 들을 수는 없다. 답해줄 강물은 이미 흘러가버렸기 때문이다.

－「강물의 일」(Ⅳ) 부분

다시 돌아오지 않는 것, 모든 것과 뒤섞이는 것, 사연에 연연하지 않는 것, 상처가 많고 아름답지만 무심한 것, 이것이 강물의 속성이다. 인간은 강물 앞에서조차 정직하지 않고 비겁하다. 모든 것은 흘러가고 돌아오지 않는다는 명백한 강물의 답을 우리는 알아듣지 못한다. 하지만 "강물은 여전히 여름날 이 도시의 대세"라고 단언하는 시인은 도시의 종종거리는 발걸음 대신 천 년 동안 멈추지 않고 흐르는 저 강물의 행진을 바라본다. 그는 지하철역, 해장국집, 극장, 철로변, 포장마차, 버스 종점, 빌딩, 여관, 팔차선 도로를 지나면서 "강을 보고 하늘을 보고 새들을 보고 신전을 보고, 다시 세월을 보고 삶을 보고 죽음을 본다"(「나일강변」, V). 시인이 포착하는 도시 풍경의 배후에는 인간사와는 다른 스케일로 흘러가는 거대한 시간이 겹쳐 있다.

촘촘하게 겪고 있는 도시의 일상으로부터 물러나 시간 단위를 수천, 수만 년으로 늘려 지금을 바라보면 세월 속에 벌어진 일은 "원래 일어나기로 되어 있던 일"(「커피를 쏟다」, II)임을, "어차피 비틀댈 것은 이미 비틀대기로 한 것임"(「생태 보고서 1」, II)을, "슬퍼진 것들은 이미 슬픈 것이었음"(「여가수」, III)을 알게 된다. 이러한 운명론적 생각은 허무와 비관으로 귀결되기 쉽다. 말라가는 것이 생의 전부라고(「멸치」, II), 존재했던 것은 결국 전부 지층이라고(「폐광」, III), 지금 이 생이 우리들의 무덤이라고(「사라져가는 것들을 위한 나라는 없다」, III) 말할 때 그렇다. 그러나 도시 한복판에서 운명의 시계를 바라보는 시선은 허무와 비관에 머물지 않고 무언가를 가능하게 한다. 그것은 기억을 불러내 뒤돌아보게 하는, 생의 단순한 본질 앞에 무릎 꿇리는, 죽음보다 초라한 삶의 어깨를 다독이는 "외롭고 슬픈 주문"(「구내식당」,V)이 된다. 그렇다면 저 슬픈 주문을 외우며 운명이 펼쳐 놓은 판 위에서 우리가 할 수 있는 일은 무엇일까?

> 자꾸 오르게 되니까
> 또 최선을 다해 떨어질 테니까
> 떨어질 처지라는 걸 아니까
>
> 트램펄린에 날 던지면서 말한다
> "말해줘 가능하다면 내가 세상을 고르고 싶어"
>
> 생각이 있으면 말해주리라 믿었지만
> 트램펄린은 그냥
> 나를 떨어뜨리고
> 미워하지도 않으면서 나를 떨어뜨리고
> 그러면 내 처지도 최선을 다해 떨어지고
>
> 세상에서 트램펄린이 모두 사라졌으면 좋겠다

그렇지만 아쉽다
날아오르는 몇 초가 달콤했기 때문에

－「트램펄린」(V) 부분

트램펄린에 오를 때 "이미 처지가 정해져 있었고" "이미 준비된 실패라는 걸 알았"지만, 자꾸 오르게 되고 오르고 나면 예정대로 떨어지게 되어 있다. 어차피 마지막 장면이 정해져 있는 거라면 떨어질 세상이라도 고를 수 있는 자유를 소망해보지만, 트램펄린은 아무런 설명도, 이유도 없이 운명의 주사위를 튕긴다. 세상에서 트램펄린이 모두 사라졌으면 좋겠다는 마음은 비정한 운명의 주기를 끊고 싶은 무無에의 지향일 수도 있다. 하지만 날아오르는 몇 초의 달콤함은 아이러니하게도 다시 트램펄린에 오르게 하는 생의 유혹이 된다. 그러니까 트램펄린이 하는 일은 미움도, 원한도 없이 떨어뜨리는 일이고, 내가 하는 일은 최선을 다해 떨어지는 일일 뿐이다. 이 떨어뜨리고 떨어지는 순연한 반복에는 예정된 결과를 알면서도 계속하는 고독한 체념이 깃들어 있다. 처연하게 바닥에 뒤집어져 있다가 다시 삶의 방점을 찍고 내려오는 도미의 "아무도 미워하지 않는 자의 눈"(「도미」, II)처럼, 기대가 어긋나도 흥분하지 않고 실패를 순순히 받아들이는 북극곰의 "기다림의 자세"(「자세」, Ⅳ)처럼 시인은 저 거부할 수 없는 운명을 용서한다. 이것이야말로 생에 대한 '무심한 최선', 강물이 하는 일과 사람이 하는 일을 서러움 없이 지켜보는 거룩한 집중의 자세이다.

삶을 사랑하기가 그토록 힘겨워서

그러나 허연의 시를 읽을 때면 운명론자의 무심한 포즈 이면에 뜨겁게 끓어오르는 무언가를 감지하게 된다. 끊임없이 삶의 무의미와 지리멸렬과 평범함을 되뇌는 그의 목소리는 깨달은 자, 내려놓은 자의 것이 아니라 애써 다짐하는 자, 눈물을 삼키는 자, "들뜬 혈통을 가진 자"(「들뜬 혈통」, Ⅳ)의 것이다. 첫 시집에서부터 자신을 "불온한 검은 피"로 규정했던 그는 당신에 대한, 모든 존재에 대한, 가여운 생에 대한 뜨거운 사랑을 용암처럼 품고 있다.

창문이 흔들릴 때마다 나는 내 인생에 반기를 들고 있는 것들을 생각했다. 불행의 냄새가 나는 것들 하지만 죽지 않을 정도로만 나를 붙들고 있는 것들 치욕의 내 입맛들

합성 인간의 그것처럼 내 사랑은 내 입맛은 어젯밤에 죽도
록 사랑하고 오늘 아침엔 죽이고 싶도록 미워지는 것 살기 같은
것 팔 하나 다리 하나 없이 지겹도록 솟구치는 것

불온한 검은 피, 내 사랑은 천국이 아닐 것

– 「내 사랑은」(I) 부분

허연에게는 세상의 반기와 불행과 치욕을 무릅쓰고 솟구치는
사랑이 있다. 그의 사랑은 금기를 깨는 불온한 사랑, 혼돈을 시
작하는 어두운 사랑, 살기를 품은 지독한 사랑이다. 이 사랑 앞
에서 시인은 '나비'이기도 했고 '악마'이기도 했지만 "내 사랑
은 천국이 아닐 것"이라는 예언을 다짐처럼 되새겼다. 그는 용
암처럼 뜨거운 사랑을 차갑게 동결시키는 영하의 대기 속에서
연민과 슬픔과 쓸쓸함의 온도를 유지하려 애써왔다. "영원히
살 수 없으니까 사랑을 하는 거"라고, "기껏 유전자나 남기고
자 하는 일"(「신전에 날이 저문다」, Ⅲ)이라고, "어차피 지루해
질 거라는 걸 알면서/살아 있는 내내/사랑을 하는"(「신전 3」,
Ⅲ) 거라고, "걸어서 천년이 걸리는 길을 빗물에 쓸려가는 게 사
랑"(「사랑詩 1」, Ⅲ)이라고 낮게 읊조리며 사랑의 기쁨과 환희
를 모르는 것처럼, 빛을 피해 걷는 것처럼 외면해왔다.

그러나 모든 것이 휩쓸려 사라진다 해도 외면할 수 없는 것은 "이 도시에서 나와 더불어 일자리와 자취방을 바꾸어 가며 이웃해 사는 당신들"(「나는 빚을 피해 걸어간다」, I)의 가련한 삶이다. 세월은 강물처럼 흘러가지만 생은 낡은 트럭에 실려 도시의 어두운 골목을 누비며 온갖 요철을 겪는다. "이별만이 번성했던 생. 나귀처럼 인내했던 생. 자살자의 마지막 짐을 실었던 생. 수몰지의 폐허를 실었던 생. 이제는 단종된 생."(「아나키스트 트럭 2」, IV)의 사연은 트럭만이 알고 있다. 때로는 비굴하고 오만하고 한심하지만 생활이 가하는 모욕을 견디며 끝끝내 삶을 붙들고 고군분투하는 나약한 인간이 '아나키스트 트럭'의 유일한 정부다. 세월을 싣고 생의 질주를 멈추지 않는 트럭은 삶을 사랑하기가 힘겨울 정도로 실패와 증오와 모욕과 피로에 찌든 몸이지만 비틀대며 종착점까지 달려온 것으로 삶에 대한 지독한 사랑을 증명한다.

세상을 바라보는 허연의 시선에는 뜨거움과 차가움이 공존한다. 어쩌면 삶과 인간에 대한 사랑이 너무 뜨거워서 그것을 식혀줄 거리와 무심함이 필요한 것인지도 모른다. 그는 너무 그리워서 기록할 수 없는 것들, 너무 가여워서 분석할 수 없는 것들, 너무 슬퍼서 측정할 수 없는 것들 때문에 뜨겁게 달아오르고, 그 뜨거운 정념을 기어코 기록하고 분석하고 측정하기 위해 차갑고 담담하게 식어간다. "강물에게 기록 같은 건 없"(「장마의 나날」, IV)다고, "적은 자들은 늘 외롭고/벌을 받는다"(「편지」, III)고 말하면서도 기억을 기록으로, 기록을 노래로 만들기 위해 슬픔을 한 컷 한 컷 테두리 안에 가둔다.

중독되면
누가 더 오래 살까? 이런 거 걱정해야 하잖아.

뻔해,
우리보다 융자받은 집이 더 오래 남을 텐데.

가끔 기도는 할게. 그대의 슬픈 내력이 그대의 생을 엄습하지 않기를, 나보다 그대가 덜 불운하기를, 그대 기록 속에 내가 없기를.

그러니까 다시는 가슴 덜컹하지 말기.
이별의 종류는 너무나 많으니까. 또 생길 거니까.

너무 많은 길을 가리키고 서 있는 표지판과
너무 많은 방향으로 날아오르는 새들과
너무 많은 바다로 가는 배들과
너무 많은 돌멩이들

사랑해. 그렇지만
불타는 자동차에서는 내리기.

당신은 언제 노래가 되지.

　－「당신은 언제 노래가 되지」(Ⅴ) 부분

허연은 당신에 대한 생각 없이, 그날에 대한 그리움 없이 오십 미터도 나아갈 수 없는 '중독자'이다. 그러나 중독된 사랑이 아이를 꿈꾸게 하고 오래 살기를 소망하게 하고 융자받은 집 걱정을 하게 한다. 사랑이 너무 뜨거워져서 생활을 꿈꾸지 않도록, 매번 더 고통스러운 그리움으로 갱신될 수 있도록, 그래서 너무 많은 삶의 곡절들 속에서도 사랑이 변하지 않도록 시인은 "뜨겁게 달아오르지 않는 연습"을 주문한다. "불타오르지 않기" "다시는 가슴 덜컹하지 말기" "불타는 자동차에서는 내리기"는 사랑의 열도를 지키기 위한 사랑의 절도라 할 수 있다. 이렇게 뜨거움과 차가움을 오가는 고통 속에서 당신을 향한 그리움은 노래가 된다. 그의 노래는 사랑의 지연을 통해 사랑의 절정을 완성한다. 무언가를 포기하면서 지키려는 자가 되고, 무언가를 잡으려 하면서 흘려보내는 자가 되는 역설에 가련하고 고달

픈 삶을 끌어안는 시인의 절절한 사랑이 있다.

나의 전부가 나를 버려도

허연은 단어들을 버리고 지상이 아닌 곳의 신을 대면하려 했지만 버렸던 단어들을 하나씩 주워 담으며 지상의 신에게로, 지난날의 당신에게로, 아무것도 아닌 시에게로 돌아왔다. 내 사랑은 천국은 아닐 것이라고 했던 그는 회식과 실적과 고지서와 소식에 걷어차이는 '범인凡人'으로 천국이 아닌 곳에서 그가 원하는 천사를 만났다.

> 천사가 있다고 믿는
> 나는
> 천사가 비천사적인 순간을
> 아주 오랫동안 상상해왔다.
>
> 나는 하루에도 몇 번씩
> 천사를 떠올린다.
>
> 본드 같은 걸로 붙여놓았을 날개가

떨어져 나가는 바람에
낭패를 당한 천사.
허우적거리다
진흙탕에 처박히는 천사.

(중략)

아니면
비둘기 똥 가득한
중세의 첨탑 위에서
갑자기 쏟아지는 비를 맞으며
측은하게 지상을 내려다보는
그 망연자실.

내가 원하는 천사다.

– 「내가 원하는 천사」(Ⅲ) 부분

지상의 단어들로 지어 올린 슬픔의 공화국에 천사가 산다. 인조
날개가 떨어져 나간 채 "진흙탕에 처박히는 천사", 낡은 교각에
가까스로 매달려 "엉덩이를 내보이며/날개를 추스르는" 천사,

"갑자기 쏟아지는 비를 맞으며/측은하게 지상을 내려다보는" 천사. 허연이 원하는 천사는 도시에서 낭패를 당하고 속수무책으로 무력하며 수치와 모욕을 감당한다. 그런데 저 애처롭고 민망한 상황에서 "측은하게 지상을 내려다보는" 천사의 망연자실에는 기묘한 아름다움이 있다. 천사의 "비천사적인 순간"은 성과 속, 천국과 지상, 사랑과 환멸, 연민과 증오, 숭고와 음란, 상승과 몰락의 경계가 사라지면서 기대하지 않았던 것이 출현하는 순간이다. 그것은 도시의 어둠에서 솟아나는 빛, 고통과 상처의 밤에 찾아오는 환희, 잠시 운명으로부터 벗어난 선한 도망자의 반짝임 같은 것이다. 그러니까 시인이 원하는 천사는 그가 삼십 년간 걸어온 도시의 거리에서 오십 미터마다 멈춰 서게 했던 망연자실의 순간들, 비시적인 것에 깃든 시적인 것의 얼굴이라 할 수 있다.

허연이 원하는 천사는 더럽고 추한 거리의 어디에나 있다. 지나간 기억으로부터 쏟아지고 모든 골목의 담벼락에서 들이닥쳐 비굴하고 오만한 삶을 후려치는 생각들 중에 시가 아닌 건 없었다. 그의 눈은 "중독자의 시선"(「슬픈 빙하시대 3」, Ⅱ)이라서 어떤 기대도 실망도, 불안도 질투도 없이 "오직 푸른색의 행렬에 집중"(「열대」, Ⅴ)한다. 허연은 혼자서 자기 자신과 싸웠다. 그 싸움이 시류에 대한 저항, 세태에 대한 비판이 된 것은 그의 시가 가져온 결과이지 그의 의도는 아니었을 것이다. 그는 번잡한 도시의 일상에서 고독을 지켰고 인간을 증오하되 가련히 여겼고 과거를 그리워하되 지금을 용서했고 미래를 기대하지 않되 소멸의 운명을 끌어안았다. 허연은 이 비장하고 쓸쓸하고 의연하고 무심한 태도를 끝까지 고수해왔다.

시의 독자는 줄어드는데 시에 바라는 것은 많아진 세상이다. 시대의 변화와 무성한 담론과 문학의 사명은 시적인 것을 갱신하는 폭죽이 되기도 하지만 시의 자유를 검열하는 지뢰가 되기도 한다. 허연이 시인으로 살아온 삼십 년 동안 시대는 곡예를 하듯 굴곡 많은 등고선을 그려왔고 그때마다 시인이 놓이는 자리도 어지러웠다. 그러나 허연은 바깥 세계에서 터지는 폭죽이나 지뢰와 상관없이 자기가 할 수 있는 것, 할 수밖에 없는 것, 해야 한다고 믿는 것을 고집스럽게 계속해왔다. 그러므로 "미안하다. 내 시가 누군가의 입맛을 잃게 해서. 끝까지 가지 못해서."(「Cold Case」, Ⅲ)라는 시인의 이른 사과는 철회되어야 한다. 끝까지 가기 위해서 그는 자기 한계를 용인했고 그것이 누군가의 입맛을 잃게 했을지 모르지만 마침내는 많은 사람을 매혹하는 고유한 스타일에 도달했다.

허연의 영혼은 여전히 그날의 방에 있다. "새로 만들어진 것을 피해 내가 살았다. 미래는 서툰 권력이다. 난 방을 나가지 않았다"(「어떤 방의 전설」, Ⅲ)는 그의 말은 사실이자 다짐이다. 그는 현재가 새로운 욕망을 부추길 때에도, 미래가 서툰 권력을 휘두르려 할 때에도 언제나 저 방으로 돌아가서 "슬픔에 슬픔을 보태거나 죽음에 죽음을 보태는 일"(「슬픔에 슬픔을 보탰다」, VI)을 했다. "기억은 또 날 버리고/기억은 기억들하고만 친구가 되어 있고//망각은 문자도 보내지 않"(「기억은 나도 모르는 곳에서 바쁘고」, V)는다 할지라도 그 방은 여전히 허연을 시인으로 살게 할 시의 우물이다. 조금씩 희미해져가는 기억이 서운하기도 하겠지만, 세부를 상실한 기억이 하나의 원형적 이미지로 인화된다면 이토록 아름다울 것이다.

>　(아이는 바닷가에서 태어났고
>　바닷가에 남겨졌다)
>
>　달려드는 파도를 피해
>　아이가 모래톱을 뛰어간다
>
>　파도는 끝 선을 넘을 듯 넘을 듯하면서
>　결국 아이를 놓아준다
>
>　아이는 파도를 믿고
>　파도는 아이를 살려둔다

둘은 그렇게 몇 시간을 논다

아이는 조개껍데기를 손에 쥐고
잠이 든다

나는 그것을 본다
세상의 모든 여름이었고
말할 수 없이 기뻤다

나의 전부가 나를 버려도 좋았다

아이는 나를 살려둔다

　　– 「파도는 아이를 살려둔다」(Ⅵ) 전문

시인은 바닷가에 서서 파도와 아이가 노는 풍경을 바라본다. 거
대한 운명과 고독하고 여린 존재가 잠시 화해하고 만들어낸 고
즈넉하고 아름답고 평화로운 풍경이다. 시인은 말할 수 없는 기
쁨을 느낀다. "나의 전부가 나를 버려도" 이 망연자실의 풍경이
남아 슬픔의 공화국을 완성할 것이다. 그리고 우리는 당신의 전
부가 당신을 버려도 이 공화국을 떠나지 않을 것이다.

무개화차 같은 시에 부쳐 ^{발문}

무개화차 같은 시에 부쳐

유희경

1.

마음이 가난한 자는 소년으로 살고, 늘 그리워하는 병에 걸린다

－「오십 미터」부분

소년은 어둔 방에 있다. 잠시 머물 방이다. 오래 머물고 있는 방이다. 애를 써도 정이 들지 않는 이 방에서 소년은 깜깜해진 시간에도 잠에 들지 못한다. 그런 까닭으로, 소년은 창밖을 보고 있다. 소년은 기다리고 있다. 기다림이란 언제나 막막하지. 더없이 홀로 된 상태. 끝없이 혼자일 것 같은 감정. 하지만 그런 것은 소년의 나이와 어울리지 않는다. 지금 소년이 입고 있는 제 몸보다 큰 옷처럼 헐렁해서 소년은 슬프다. 알지 못해서. 그것이 얼마나 커다란 것인지. 뿌리는 또 얼마나 깊은지. 그리하여 마침내, 얼마나 단단한지 소년은 알지 못한다. 맞상대를 해도 되는 것인지. 도망쳐야 하는 것인지. 도망칠 수 있기는 한지 소년은 알지 못한다. 그저 품을 뿐이다. 품을 수 있을 만큼 품고 있다. 어쩌지 못함. 그것이 슬픔의 언어. 기다리는 것은 오지 않고 저기,

어둠을 밀어내며 무개화차無蓋貨車**가, 무거운 속도로 오고 있다.**

소리부터. 점점 커다랗게. 그리하여 희미한 빛을 얻은 강철의 존재가 소년의 눈앞을 지나쳐 간다. 침묵과 궤철이 울린다. 그 것은 떨림이 되어 창가에 대고 있는, 소년의 턱밑을 간지럽힌 다. 두근두근, 두근두근 조그마한 소년의 심장이 기차가 만들어 내는 육중한 리듬으로 뛴다. 살아 있음. 그것은 살아 있음이다. 기다림과 슬픔에도. 그것들이 모두 추억이 되는 아주 먼 시간까 지 소년은 기억하게 될 것이다. 지금은 그것을 소년이 알 도리 가 없다. 알지 못한 채 무개화차가 마침내 사라져 보이지 않게 될 때까지 소년은 그것을 보고 있다. 그것은 운명 같은 것일 게 다. 어쩌면 운명 그 자체일지도 모른다.

어두운 방과 무개화차의 시절은 소년을 다음의 시간으로 보내 주었다. 소년이 왜 엄마와 헤어져 있었어야 했는지 그 어두운 방에서 살아야 했는지 따위의 구구하고 절절한 이야기는 여담 에 어울리지 않는다. 다만 기억해야 하는 사실이 있다. 소년은 어른이 된 다음에도 여전히, 어두운 방과 무개화차의 시절을 잊 지 못한다는 것. 더러 그 시절 가까이 지나기도 한다는 것.

시집을 읽는 내내 나는 멎은 듯 앉아 있었다. 한 권의 시집을 들 고. 한 권의 시집이 보여주는 어둑한 골목. 자욱한 안개비. 젖어 가며 걸어가는 슬픔, 자취를 감추었다가 이따금 보이곤 하는 희망의 언어에 사로잡혀서 꼼짝달싹하지 못했다. 그때 나는 열아홉이었다. 내가 알기로 그는 서른셋 아니면 넷. 시인이 절필을 했다는 소문을 들었다. 그게 아니라 치료할 수 없는 병에 걸렸다고도 했다. 대학 선배 하나는 그 시인과 알고 지낸다고 했다. 그가 곧 멀리 떠날 거라고 그랬어. 그 선배는 허풍이 심한 사람이었다. 나는 소문도 선배의 말도 믿지 않았다. 기다렸다. 다음 시집을. 시인이 되려는 마음에 위기가 찾아오면, 실은 위기가 아니었지만, 나는 시집을 펼쳐들었다. 어둑한 골목과 자욱한 안개비. 걸어가는 슬픔과 몸을 감추는 희망……. 그의 시집은 여전히 가까운 책장에 있고 그것은 제법 너덜너덜해졌다.

화창한 날이었다. 학교 앞 서점은 아주 조그마했고 덕분에 내부는 책으로 빼곡했다. 시집은 문간에 있었다. 내가 다니던 학교는 시인이 되고 싶은 사람이 백 명도 넘게 있었다. 지금 생각하면 신기하고 재미있는 사실이다. 그중 하나가 나였다는 것도. 허연의 시집은 맨 아래 칸, 세계사 시인들이 모여 있는 곳에 꽂혀 있었다. 그 시집을 꺼내 들었던 까닭은 기억이 나질 않는다. 다만 구매해보아야겠다고 다짐했던 이유는 확실하다. 제목 때문이었다. 시인이라면 불온해야 한다. 검고 어두워야 하며 그런 피를 가지고 있어야 한다. 물론 입 밖으로 꺼내지는 않았다. 백 명도 넘는 예비 시인들은 무엇이든 비웃을 준비가 되어 있는 사람들이었으니까. 그런데 시집의 제목이라니. 꺼내들지 않을 수가 없었다. "불온한 검은 피"라는 제목은, 아닌 게 아니라 참으로 위태로워 보였다. 자칫하다간 넘어질 것 같았다. 유치한 쪽으로. 아니면 치기 어린 쪽으로. 하지만 그 시집은 넘어지지 않았다. 가릴 수 없는 슬픔과 가리지 못한 충동을 무게추 삼아 아슬아슬하게 삶이라는 빛 쪽으로 걸어가는 게 아닌가. 거푸 읽었다. 기다리고 기다리면서.

어둠을 밀어내며 무개화차가, 무거운 속도로 지나치길 반복했다.

반복해 읽던 그 시집은 나를 다음으로 보내주었다. 다시 말하지만, 그 시집은 아직도 내 방 책장에 꽂혀 있고 무척이나 너덜너덜, 해졌다.

2.

허연의 시집은 견딤으로 가득하다. 마침내 그렇게 될 것을 예정한 견딤, 누군가에겐 모면이나 포기로 오해될 수도 있을 그 견딤은 시종일관 아슬하다. 아슬하게 생애를 이끌고 간다. 나는 그의 시를 읽을 때마다 나 역시 견디고 있음을 깨닫는다. 모든 것이 과정이다. 수없이 포기하고 또 포기하면서. 종국에 남을 것이 무엇인지 직감하면서. 그러면서도 견디는 것이 생이라는 것을 허연의 시집은 지치지 않고 고해한다. 그런 의미에서 그의 시는 종교적이다. 기리는 존재가 보이지 않는 검은 성사이다. 성사를 이끄는 미사곡이다. 간절히 바라지만 "용서는 가깝지 않"(「들뜬 혈통」)다. 아니 애초에 용서는 바라지 않는다. 견디는 자에게 용서는 필요가 없다. 이미 죄는 밝혀졌고, 벌은 내려졌기에. 우리의 죄는 살아 있음이다.

그를 만나게 된다면, 나는 그가 무엇을 어떻게 견디는지 이해하고 싶었다. 그랬으므로 실상은 만나기를 주저했는지도 모른다. 그가 아무것도 견디지 않는 사람일까 봐 두려웠던 것이다. 독서를 통해 상대를 예정하고 예단하고 무작정 기대해서는 안 된다는 것을 잘 알고 있다. 알고 있으면서도 기대를 버릴 수 없던 것은 그의 시를 읽으며 살아왔던 시간이 두툼했기 때문이다. "들키지 않은 채 절반도 감기기 전에 끊어진 청춘"(「최근에 만난 분 중에 가장 희망적이셨습니다」, 『불온한 검은 피』). 그는 예언했고 나는 그대로 살아왔고 그랬으니, 그가 나를 실망시켜서는 안 된다는 생각. 이 미련한 모순.

그와 처음 마주 앉을 기회를 얻은 건 2008년이다. 그해 나는 시인이 되었고 출판사에 취직했다. 나는 그를 잊지 않고 있었다. 잊을 수가 없었던 거지. 내어준 사람은 잊어도 빚진 사람은 잊지 못한다고 하지 않던가. 실제로는 기다리고 있었던 것이지만. 아무튼, 그는 거짓말처럼 내 맞은편에 앉아 있었다. 그 자리에서 내 역할은 꿔다놓은 보릿자루였다. 재직하던 출판사 상사와 언론사 기자가 함께한 자리에 왜 내가 동석을 했어야 했었는지는 지금도 의문이다. 하여간 장치였던 것은 분명하다. 그들과 나는 참치회 정식을 먹었고, 그다음에는 한 커피숍의 널따란 뜰에 앉아 커피를 마셨다. 그날 또한 화창했다. 이상해. 그래서 기억하고 있다. 허연의 시집을 산 날도 그와 처음 만난 날도 그저 화창했다. 나는 우리가 만난다면 분명 우산 아래일 거라고, 어둑어둑한 골목 어귀에서 우뚝 마주치게 될 거라고 상상했었다. 상사가 화장실에 간 사이, 나는 처음으로 그에게 말을 붙였다. 시인님의 시집을 읽었습니다. 아주 좋아해서 몇 번이고 읽었습니다. 최대한 감정을 감추고 건조하게 해주고 싶은 말을 하고 싶었다. 하지만 스물아홉에게 그런 기술이 있었을 리 없다. 그리고 그런 것을 눈치 못 챌 사람이 아니다, 허연은. 그는 앞에 놓인 잔을 단정하게 정리하면서, 그랬군요. 하고 대답했다. 그게 다였다. 실망했느냐 하면, 그런 건 기억나지 않는다. 다만 그가 입고 있었던 캘빈클라인 블랙진이 그와 참 잘 어울린다는 생각은 했었다. 그해 가을, 그가 두 번째 시집을 냈다.

3.

소년의 집에는 텔레비전이 없었다. 그의 아버지는 소년과 소년의 형제들이 바보가 되는 것을 원치 않았다. 실패와 재기를 반복하는 바쁜 와중에도 소년과 형제들을 자리에 앉혀 그들이 되어야 하는 미래의 상을 상기시키는 일만은 잊지 않았다. 소년의 미래는 신부神父였다. 소년은 의심하지 않았다. 소년뿐 아니라 가족 모두가 의심하지 않았다. 티브이 대신 온갖 잡지가 그 시절을 함께했다. 소년들을 위한 과학잡지나, 음악잡지, 미술잡지, 그런 것도 신부에게는 필요 없는 것이지만, 아무도 의심하지 않았으므로 소년은 마음껏 그것들을 읽었다. 그것으로부터 '읽음'을 배웠다. 금단의 열매처럼, 어쩌면 소년은 그때부터 신부가 될 수 없었는지도 모른다. 그러나 소년은 아직 그런 것을 모른다. 새벽이 되면 복사服事의 역할을 수행하기 위해 이불 밖으로 나와 졸린 눈을 부볐다.

복사 옷을 입기 위해 성당 문턱을 드나들던 혜화동로터리에서, 소년은 청소년이 된다. 음악을 사랑하고 독서를 사랑하고 사랑을 사랑하고 지독할 만큼 혼자 있는 것을 사랑하는 청소년은 성실한 학생이 될 수 없었다. 그는 자주 학교의 담을 넘었다. 커피를 마시며 음악을 듣고 외국 시인들의 시집을 읽었다. 신부가 될 수 없다는 사실을 알았다. 모두가 알았지만 모두가 모른 체했다. 읽었기 때문이다. 나는 그렇게 생각한다. 너무 어린 나이에 너무 많은 것을 읽어서 청소년은 신부가 될 수 없었다. 무언가를 놓아버렸다. 모두가 고개를 저었고 청소년은 한껏 다른 방향으로 튕겨져 나갔다. 이탈해버렸다.

커다란 무게로 궤도를 이탈하는 무개화차로부터 비롯되는 고요. 견딜 수 없는. 미쳐버릴 것만 같은 침묵.

결정이 결정이 아니었을 때. 있었다고 믿었던 것이 없던 것으로 판명되었을 때. 그때의 허기는 무엇으로도 채울 수 없다. 그 청소년은 모든 것을 배격했고 모든 것으로부터 배격당했다. 어린 나이에 너무 많은 것을 읽었다. 너무 많이 알아버렸다고 생각했다. 신부가 되기엔. 무작정 신이 정해준 길을 따라가기엔. 그 모든 것이 저녁빛 속으로 빨려 들어간다. 모든 것이 그림자만 남겨놓는다. 알아볼 수 없도록. 그에게는 허무만 남게 되었다.

허연은 허무, 라는 단어를 참 쓸쓸하게 발음한다. 그 자리의 모든 것이 사라져버릴 것처럼. 주지하다시피 '허무'라는 단어는 얼마나 가벼운가. 그것이 담고 있는 의미에 비해서 쉽게 휘발되는 텅 빈 말이다. 나는 허무를 말하는 사람은 믿지 않는다. 단 한 사람, 허연만 빼고. 그는 허무를 살아간다. 다 아는 것이 아닐 텐데도 아니, 알아야 할 것이 더 많아서. 그가 허무를 말할 때마다 나는 몸 어딘가가 시큰해지는 것을 느끼곤 한다. 그는 자신의 말 한마디 한마디를 다 살아간다. 그렇지 않고서는 그렇게 발음할 수 없다. 비어 있음[空]이야 말로 그의 신앙이 아닐까. 그는 의미 없는 삶의 맹신도이다.

그의 시에 담긴 허무는, 그러므로 실체를 갖는다. 살아 있는 허무. 숨을 쉬는 허무. 환멸하는 허무. 작은 것을 들여다보는 허무. 존재에 애정을 갖는 허무. 사람의 모든 것을 혐오하는 허무. 대신 존재가 애틋하고 안쓰러운 허무. "그래도 내가 노을 속 나비라"(「내가 나비라는 생각」, 『불온한 검은 피』) 생각하는 허무. 허연의 시를 읽는다는 것은 그 허무를 조우한다는 것이다. 동거한다는 의미이다. 그의 시집을 덮으면 축축하다. 무엇에 젖은 것인지 알아차릴 수 없도록 깜깜하게. 그러고 보니, 그의 시집의 마지막 장을 덮던 순간 늘 나는 밤중이었다.

내가 운영하는 시집서점에는 나선계단이 하나 있다. 이따금 허연은 그 계단을 밟고 올라온다. 아주 천천한 발걸음 소리로 나는 허연이 왔음을 알아챈다. 그는 계단을 올라와서 한숨 같은 눈빛을 던진다. 그런 눈빛으로 서점을 둘러본다. 그러곤 혜화동 로터리가 내다보이는 창가로 선다. 그 건너편에, 그가 입학할 수도 있었던 신학교가 있다. 그가 그곳을 보는지는 알 수 없다.

4.

사내가 산길을 따라 내려오고 있다. 한 차례 바람이 불고 우우-
검은 가지들이 운다. 한두 번쯤 미끄러질 뻔도 했으나, 넘어지
지는 않았다. 하지만 사내는 이미 몇 번이고 넘어진 기분이었
다. 그렇다고 실패라거나 패배와 같은 단어는 떠올리지 않았다.
잠시 멈춰 선다. 큰 기대 따윈 없었다. 어쩌면, 이 길을 따라 올
라왔을 때 가쁜 숨을 몰아쉬면서 사내는 다시 이 자리로 돌아오
게 될 거라는 예감을 했었는지도 모른다. 뒤를 돌아본다. 수도
원은 이미 보이지 않는다. 성소와 세속의 사이 어딘가에 그는
놓인다.

**이탈한 무개화차가 궤도를 만들며 가고 있다. 땅이 흔들리고
우르르 날아오르는 한 무리 새 떼.**

그는 다른 방식으로 고통의 형식을 갖기로 마음먹었다. 그는 받
아들이기로 했다. 수도사가 되기에 너무 늦었다면, 그 또한 받
아들이리라고. 사내는 다시 길을 따라 내려가기 시작한다. 그는
곧 시인이 된다.

그는 찻잔을 내려놓고 잠시 생각에 잠겼다가 지친 사람처럼 입

을 뗐다. "제대하고 수도원에 들어간 적이 있었어. 신부는 늦었고, 수사가 되어볼까 했지. 그런데 이미 나는 시정잡배가 되어 있더라고. 포기했지. 그래서, 다른 방식으로 고통의 형식을 갖자는 마음을 먹었어. 그래야 내가 나를 설득할 수 있을 것 같았거든. 그래서 시를 쓰게 된 거지." 거기까지 말하고 그는 다시 찻잔을 들어올렸다, 도로 내려놓고는 덧붙였다. "그때까지 나는 그냥 시간을 보내고 있었던 거야."

그날 허연의 시는 결정이 되었다. 아니 허연이라는 시가 결정되었다. 가장 성스러운 자리의 정반대 편에서. 사제와 군인과 시인 중 시인을 택한 보들레르처럼, 가장 저주 받은 형태로. 고통의 형식. 아무것도 탐하지 않고 숭고할 것. 적나라할 것. "불온한 검은 피, 내 사랑은 천국이 아닐 것"(「내 사랑은」, 『불온한 검은 피』). 읽는 이마저 고통 받게 만드는, 핍진하게 하는 그런 것을 힘이라 불러도 될까. 왜 그가 견디고 있는 것인지, 그제야 나는, 조금, 알 것 같았다. 그랬기 때문에 시를 버릴 수 있었고 그렇기 때문에 시를 버리지 못했다. 첫 시집 『불온한 검은 피』를 상재하고 일 년 뒤, 허연은 시를 잊기로 한다. 그렇게 13년이 흘렀다. 내가 허연을 알게 되고 읽게 된, 그리고 기다리게 된 시절과 거의 일치한다.

5.

그사이. 선배는 무얼 하셨어요. 나는 이 질문을 허연에게 몇 번이나 되물었다. 같이 차를 마시다가. 식사를 하다가. 인터뷰를 핑계 삼아 앉은 자리에서도. 그때마다 그는 상床에서 몸을 떼고 의자 등받이에 한껏 기댔다. 무언가를 피하려는 사람처럼. 그러곤 느릿느릿하게 똑같이 대답하곤 하는 거였다. 잊으려고 했어. 실제로 잊기도 했었고. 그러고 보니 우리는 어딘가로 함께 걸어본 적이 거의 없다. 늘 마주 앉아 있었지.

사이로 지나가 보이지 않는 무개화차. 지나간 소곤거림처럼 남김없이.

그사이 그는 수십 번 국경을 넘었다. 출장이든 여행이든, 되도록 머물러 '있지' 않으려고 했다. 한 시절 여행은 그의 구원이었다. 낯선 곳에 내던져지면 순식간에 많은 것을 배울 수 있었다. "새로운 곳에 닿으면 새로운 역사가 달려들어. 나는 그곳에서 공기를 만났어. 새로운. 그리고 국경은 외로워. 그래서 좋았지." 북해에 가서 북해를 살았다. 총 든 병사들의 텅 빈 눈을 마주보았다. 피하지 않았다. 석조 건물을 쓰다듬고 가만히 서 있었다. 어쩔 수 없이 다시 돌아와야 했지만 홀린 듯이 다시 떠났다. 여행에서 돌아오면 기사를 썼다. 존재를 증명하는 사람처럼. 시는 깨끗이 잊었다. 업무에서 문학 담당을 피했다. 어쩌다 맡게 되어도 누군가에게 미뤘다. 누군가 그가 허연임을 알아보면, 아니라고 했다. 그를 시인이라고 칭하면 화를 냈다. 깨끗하게. 마치 없었던 일처럼 살았다. 그게 가능해요? 나는 단절을 되게 잘해. 이제부터 아니다 마음먹으면 완벽하게 지워버려. 나는 그 사실이 믿기 힘들었다. 시를 종교처럼 여기는 사람이, 아름다움을 신조처럼 생각하는 사람이 그럴 수 있다니. 고통의 다른 형식이 직업이 될 수 있을까. 될 수 없지. 그는 단언했다. 그랬기 때문에 더 바쁘게 살았어. 많이 상처 입고 많이 울고. 그렇지만 그게 시 때문은 아니었어. 그리고 문득,

시로 돌아오기로 했어. 문득,이라니 너무 간단하잖아요. 선배는 자꾸 그렇게 눙치고 넘어가더라. 나는 항변했다. 그 문득,을 듣고 싶었다. 확인하고 싶었다. 왜냐하면,

나에게도 그런 시절이 있었기 때문이다. 출판사를 옮겨야 했을 때 나는, 어쩌면 시를 버릴 수 있겠다고 생각했다. '시인'이라는 지칭은 지갑 속 신용카드처럼 쓰려고 했다. 편집자로 성공해보고 싶었다. 포기하는 데에 채 삼 년이 걸리지 않았다. 혼란과 혼돈. 사실은 아직도 나는, 내가 시인으로 돌아오고 있는 중이라고 생각한다. 어렵고 더디게. 그의 시가 나에게, '견딤'의 의미

를 알려준 것처럼, 그가 시를 지운 십삼 년의 시간이 나를 이리로, 시의 방향으로, 그의 말에 따르면 고통의 형식으로 도로 데려오지 않을까, 생각했던 것 같다. 그는 곰곰이 생각했다.

시를 버리진 않았어. 모든 걸 시에서 배웠더라고. 그렇게, 나쁜 소년처럼 말했다.

6.
　　　살아 있는 자들은
　　　인생을 생각하는 내내 힘이 빠진다.
　　　마지막 무개화차가 지나간다.
　　　　　－「마지막 무개화차」 부분

무개화차는 늘 꿈결처럼 흘러갔어. 의식하지 않으려고 해도 의식할 수밖에 없었지. 소리가 진동이 났으니까. 마음만 먹으면 밤새 지켜볼 수도 있었어. 창문만 열면 되었으니까. 무개화차는 이상해. 눈을 맞으나 비를 맞으나 속을 훤히 드러내지. 그리고 사라지지만, 또 다른 무개화차가 나타나는 거야.

내가 그를 처음 만난 2008년 가을 출간된 『나쁜 소년이 서 있다』는 시를 쓰고 읽는 사람들 사이에서 적지 않은 화제였다. 허연이 돌아왔기 때문에. 그의 복귀가 성공적이었기 때문에. 하지만 그것보다 나는 그가 잊히지 않았기 때문, 이었다고 생각한다. 잊히지 않았다는 것. 기억이라는 것은 힘이 세고 뿌리가 깊다. 그가 피하고 싶은 방식이 아니었을까. 「간밤에 추하다는 소리를 들었다」는 자책일지도 모른다. "제발 그냥 지나가라고. 나는 골목을 포기했고 몸을 돌렸다. 등 뒤에선 나직이 쓰레기봉투 찢는 소리가 들렸다. 고양이와 나는 평범했다." 나는 이 대목에서 조금 울었던 것 같다. 눈이 내릴 것 같은 날씨였고 하얀 입김이 날렸던 것을 기억한다. 그는 추하지 않았다. 암만 생각해봐도, 고양이를 위해 골목을 포기하는 사람이 추할 수는 없는 것이다. 견디지 못하는 사람처럼, 허연은 시로 돌아왔고, 일본으로 떠났다. 이 또한 고통의 다른 형식이었을 것이다. 이 년 동안 다른 언어로 말하고 쓰고, 눈의 나라로 넘어가는 국경*을 넘었다. 간밤의 추함을 잊을 수 있었을까. 아니지. 잊을 수 있다면 그것은 고통이 아니다. 사라진 무개화차가 다시 되돌아오는 것처럼. 그리고 그 화차 속은 한 번도 빈 적이 없지.

그는 돌아왔고. 이제는 이곳에 있다. 마치 보상을 하는 것처럼, 고통이 보상의 대상이 된다면 말이지만, 그후로 십 년 동안 그는 『내가 원하는 천사』 『오십 미터』 『당신은 언제 노래가 되지』 세 권의 시집을 상재한다. 변함없이 나는 그의 독자이고, 여전허 그는 완고하다. 시는 다른 무엇이 될 수 없다. 시인이라면 라마 알파카 과나코 비쿠냐를 구별할 수 있어야 해. 홋카이도에 사는 곰이 반달가슴곰인지 회색곰인지도 알아야 하고. 그가 그렇게 말했을 때 나는, 내가 과나코와 비쿠냐를 구분할 줄 모른다는 사실을 몰래 부끄러워했다.

이제 허연의 시는 "세포 하나하나에 새겨진/극한의 세밀화"(「사경寫經」)처럼 기억을 더듬는 중이다. "슬픔에 슬픔을 보태거나" "죽음에 죽음을 보태"(「슬픔에 슬픔을 보탰다」)면서 고통의 예정된 끝을 노정하고 있는 느낌이다. 그사이 죽을 고비를 넘긴 탓도 있을 것이고, 자신 역시 아버지가 될 수 있다는, 혹은 아버지가 되어간다는 의식 덕분일 수도 있겠지. "흔들리기 시작하면/생은 잠시 초라해졌다가 다시 화색이 돌기도" 하는 법이니까. "경멸할 것 없"지. "어차피 다 노래니까"(「가여운 거리」). 노래는 끝이 나기 마련이니까. 쇄진灑塵하듯 반복해서 부를 수 있는 거니까. 분명한 사실은, 거의 매일 밤, 그는 어두운 방에 남아 있다는 것이다. 이번에는 자진해서. 무엇도 피하지 않고. 이따금 창밖을 본다. 거기 무언가 지나가고 있다는 듯. 거기엔 무개화차를 닮은 생애가 있다. 그는 창문에 어린 생애를 증오하고 경멸하고 애정하고 연민한다. 그가 모든 사람과 존재를 대할 때처럼. 그것 역시 고통의 한 형식. 그가 살아가는 방식.

사실 달라진 건 없다. 그럴 것이 없으니까.

잊은 듯이 떠나갔던 무개화차가 돌아오고 있다. 떠났을 때와 같이 무거운 소리를 내면서 그대로. 무언가를 싣고서 여전히.

7.

올해 초 일이다. 우리는 다시 마주앉았다. 길고 긴 대화를 이어 가다가 고민하던 말을 어렵게 꺼냈다. 올해가, 깊은 생각에 빠져 있을 때의 그처럼 말을 끊고 자세를 고친 다음에, 선배가 데뷔한 지 서른 해예요. 입꼬리를 올려 웃었다, 그는. 무언가 지나가기라도 한 것처럼. 나는 나의 무개화차를 보았고, 그가 무엇을 보았는지는 알 수 없다. 그렇구나. 그래서, 선배의 시선집을 준비하면 어떨까 싶었어요. 서둘러 말을 이었다. 그가 말을 끊어버리기 전에. 나에겐 빚이 있고, 또 그런 이가 더 있을 거라고 생각해요. 선배가 알지 못하는 사람들, 선배의 시를 기억하는 사람들과 만들어보려고요. 마침 그는 색안경을 쓰고 있었고 그의 눈빛이 보이지 않았다. 거기서 보이는 건 어렴풋한 나의 모습이었다. 빚을 갚으려는 것인지, 빛을 얻어내려는 것인지 갈피를 잡지 못하는 사람이 거기 있었다.

무개화차가 온다. 몇 번째일까. 그러나 처음처럼.

다시 어두운 방이다. 소년이 있다. 소년은 창밖을 내다보고 있다. 세 덩치보다 큰 옷을 입은 소년의 모습은 한편 귀엽고 한편 딱하다. 누구나 자신의 한때를 돌아볼 때의 감정처럼 안아주고 싶어도 안아줄 수가 없지. 소년은 기다리고 있다. 그 기다림에 끝이 없다는 사실을 우리는 안다. 멀리 빛이 보인다. 하나의 점이 되어 무섭게 다가오는 그 빛을 본다. 온몸이 떨려온다. 쿵쾅거리면서, 심장의 박동과 같은 속도로. 그것은 커다란 무게를 가진 무개화차. 무엇을 실었는지는 알 수 없다. 그것은 다만 지나갈 뿐이다. 그리고 아주 멀리까지 갈 것이다. 동시에 그것은 돌아올 것이다. 다시 무언가를 가득 실은 채. 그 속에 무엇이 담겼는지 알 수 있는 방법도 알아낼 필요도 없다. 그것은 중요한 것이 아니다. 중요한 것은……. 그런 게 있기는 한 것일까. 그저 지켜볼 뿐이다. 언뜻 보이는 소년의 얼굴은 청년이 되고 중년이 되었다가 다시 소년으로 돌아오곤 한다. 어디론가로 떠밀리듯 나아가는 무개화차의 얼굴이다. 고독하고 쓸쓸한, 살아 있는 눈빛이다. 나는 그로부터 시를 읽는다. 온몸으로 다한 시를. 몸으로 살아낸 고통의 시를. 고통을 덮어주는 마음의 시를. 참으로 아프고 괴롭고, 사랑하는 시다. 시들이다.

✳   설국. 허연, 『가와바타 야스나리: 설국에서 만난 극한의 허무』(아르떼, 2019) 참고.

천국은 있다

1판 1쇄 펴냄 2021년 11월 21일

지은이 허연
엮은이 오연경, 오은, 유계영, 유희경

펴낸곳 아침달
펴낸이 손문경
편집 송승언, 서윤후
디자인 정유경, 한유미

출판등록 제2013-000289호
주소 03980 서울시 마포구 성미산로 153-16, 2층
전화 02-3446-5238
팩스 02-3446-5208
전자우편 achimdalbooks@gmail.com

* 책값은 뒤표지에 있습니다.